제주,
내 인생의 화양연화

제주,
내 인생의 화양연화

조현순 수필집

도서출판 북인

위로와 행복을 나누고 싶은 소소한 이야기

늦은 나이에 제주로 이주했습니다. 삶의 대부분을 서울에서 보낸 내가 덜컥 이곳에 정착하게 된 것은 아마 나도 모르는 어떤 계획이 삶의 여정에 포함되어 있던 것이었는지도 모릅니다. 보통들 이야기하는 것처럼 오랫동안 전원생활을 꿈꾸며 계획했다는 경우와 거리가 멉니다. 또 흔히 말하듯 복잡한 도시생활을 피해 이곳으로 온 것도 아닙니다. 서울생활은 나름대로 바쁘고 활기차고 즐거웠습니다. 살다보니 나의 계획보다도 한발 앞서 길을 인도하는 명철한 손길이 있음을 깨닫게 되었으니, 이번에도 그렇게 생각하렵니다.

거의 평생을 꾸려온 서울생활과 이곳은 달라도 아주 다릅니다. 아침에 일어나 창밖을 보면 파란 하늘과 바다가 눈에 들어옵니다. 회색빛 하늘과 바다가 보이기도 합니다. 햇살이 바다에 쏟아지면 바다는 온통 물비늘을 만들며 빛나고 비바람 치는 날에는 거친 파도를 일으키며 일렁입니다. 그러다가는 또 언제 그랬냐는 듯 다시 해가

비치며 윤슬로 반짝입니다. 변화무쌍한 날씨에 도무지 지루할 틈이 없습니다.

바람 많은 섬에서 거실에 가만히 앉아 바람의 세기를 알아보기도 합니다. 어느 날은 잎새 하나 미동도 하지 않는가 하면 어떤 날은 잎이 무성하게 달린 굵직한 나뭇가지조차도 휘청댑니다.

냄새도 다릅니다. 남쪽에서 오는 바람은 축축한 바다 내음이 납니다. 날씨가 쾌청한 날 뒷산을 거쳐오는 청량한 공기에서는 솔향 머금은 맑은 숲의 향기가 코끝을 스칩니다. 한여름 소낙비가 지나간 후 해가 비치면 들풀의 싱그러운 향을 실어오기도 합니다.

정원을 내다보면 여러 새들이 호르륵, 제제 지저귑니다. 잔디에 내려앉았던 자그마한 녀석은 휘익 먼나무 위로 솟아오르다가 가지를 툭 치고 날아가기도 합니다. 그 이름 모를 새들이 직박구리와 까치, 까마귀인 것도 이제 알게 되었습니다.

오늘같이 눈이 쏟아지는 날, 노루 한 마리가 마당을 기웃하는 것이 보입니다. 신기하고 반가워 얼른 창가로 다가가 핸드폰 카메라를 누르려는 순간 녀석은 벌써 쏜살같이 겅중겅중 달아납니다. 무척 예민한가 봅니다. 바라보기만 해도 그렇게 달아나는 걸 보니. 마침 어제 출장에서 돌아온 사위는 노루가 눈 속에서 먹을 것이 없을까봐 걱정합니다. 딸과 나는 부지런히 인터넷을 뒤져봅니다. 다행히 노루는 풀을 먹고 산다는군요. 세상에, 이렇게 노루 먹이까지 걱정하는 여유가 생겼습니다.

자연 속에서 삶이 넉넉해집니다. 메말랐던 감정이 살아나 작은 것에도 감탄하는 시인의 감성이 생겨나는가 봅니다. 자연과 공감하며 사는 삶이 많은 것을 거저주며 내게 깨달음을 줍니다. 자신을 투명하게 돌아보게도 합니다. 많은 것을 받으니 자연스레 마음도 너그러워집니다. 이런 작고 소소한 이야기를 건네며 내가 얻은 위로와 행복을 글로 나누고 싶었습니다.

글 쓰고 싶은 욕망은 커지는데 마음속의 장애물도 덩달아 커졌습니다. 대학교 2학년 때의 교과 과목 중 문학개론 시간이 생각났습니다. 시인 조병화 선생님은 우리에게 한 가지 주제를 던져주고 글을 쓰라 했습니다. 신문방송학이 전공이니 육하원칙에 따라 기사 쓰는 연습은 그런대로 했지만, 워낙 문학적 글쓰기 재주가 없었나 봅니다. 주제를 놓고 마음속에서는 수없이 많은 생각이 두서없이 떠오르는데 무엇을 먼저 끄집어내서 글을 만들어내야 할지 막막했습니다. 조용한 가운데 친구들의 사각사각 연필과 볼펜 굴러가는 소리가 들립니다. 그럴수록 내 머릿속은 실타래가 엉킨 듯 답답하기만 했던 기억이 새삼 트라우마처럼 떠올랐습니다.

어느 날 이런저런 고민 섞인 얘기를 하는 내게 막내딸은 단순하고 명쾌하게도 답을 합니다. "엄마, 독자 열 명은 확실히 확보되었어요. 무조건 책을 쓰세요." 열 명이란 우리 직계가족을 말한 것입니다. 아마도 자식에게 살아온 날의 회포를 조각이라도 남기고 싶다는 본능적 욕망을 눈치챈 모양입니다. 문득 단 한 명의 청중 앞에서라도 자신의 최선을 다한다는 선배의 말이 퍼뜩 스쳤습니다. 그런 마음자세로 노래를 부른다고 했던 선배는 정작 이름을 날렸던 소프라노 가수라서 그녀의 공연은 항상 성황리에 끝나기는 했습니다. 그래. 글도 마찬가지야! 단 한 명이라도 내 글을 읽어주는 독자에게, 그 한 사람을 위해 진솔한 마음의 글을 써야겠다고 생각했습니다.

이 글은 가슴 저 깊숙한 곳에 뭉게뭉게 엉켜 있는 기억과 생각과 감정을 하나하나 건져내 올려 한땀 한땀 쓴 글입니다. 이곳에서 내가 느낀 자유와 자연의 위로를 함께 나누기 위해서. 글을 읽는 여러분들도 내가 느낀 세상의 아름다움과 그것이 주는 여유를 함께 맛보며 잠시나마 힐링의 시간을 가졌으면 하는 마음입니다.

2024년 1월

서귀포에서 조현순

차례

제4장 위대한 동행

제5장 내 인생의 화양연화

제1장
새로운 삶의 초대장

사랑의 서곡

싸라기처럼 고운 눈이 오다가 그치기를 반복한다. 거실 창밖으로 보이는 잔디에 희끗희끗 눈이 내려앉았다. 손자들이 놀다가 팽개쳐 놓은 공 위에도 살포시 쌓였다.

그때가 12월 초였을 것이다. 그날은 아침부터 마음이 부산했다. 아무 일 없는 평온한 일상에서 조용히 잠자던 세포들이 깨어난 듯 활기 넘치고 신바람이 났다. 멀리 중국 선전에 사는 둘째딸 내외가 역삼동 친정집에 오기로 한 날이었다. 나는 그들을 맞을 준비로 오전 나절 코스트코에 가서 필요한 식품을 사기로 했고 남편은 행복한 포터가 되기로 했다. 집안에 행사가 있을 때마다 대략 비슷한 음식을 준비하므로 남편은 내가 장 보는 코스를 꿰차고 있다. 내가 장바구니에 무엇을 넣을지 아는 남편은 카트를 끌고 나보다 한발 앞서가기도 한다. 그의 얼굴 역시 큰 미션을 담당한 양 활기가 넘친다. 매일 쳇바퀴 돌듯 다소 무료하기도 한 생활에서 시집 보낸 딸의 방문은 우리에겐 큰 이벤트였다.

아직 출가하지 않은 두 딸과 중국서 온 둘째딸 내외 그리고 남편과 나, 온 식구가 저녁 식탁에 둘러앉았다. 중국에 갈 때마다 사위가 안내해서 가보았던 중국 레스토랑의 고급 음식 못지않게 마치 음식외교라도 하듯이 한식 솜씨를 자랑한 식탁은 넘치도록 풍성하다. 포도주까지 곁들인 저녁식사에 온 가족이 행복하다. 우리의 대화 또한 화려한 식탁만큼이나 다채롭고 즐겁다.

사위는 병마용갱의 도시, 시안 출신이다. 한때 당나라의 화려한 수도였던 그곳에서 많은 유물을 접하며 자란 탓인지 옛 문화와 보물에 관심이 많다. 한국의 문화에도 관심이 많아 한국에 오면 우선순위로 국립 중앙박물관을 찾는다. 그러고는 박물관의 전시물을 중국의 보물과 시대를 비교해 감상하며 우리 문화를 존중해주기도 한다. 그래서인지 국적은 달라도 정서적으로 친밀감이 느껴진다.

오전에 제주도에서 클라이언트와 골프를 치고 서울로 온 사위는 여전히 여운이 남았는지 대화 중 계속 골프장 얘기를 꺼냈다. 제주에는 마침 눈이 살짝 내려서 그 위에 내려앉은 빨간 골프공이 도드라지며 아주 아름다웠다고 했다. 또 골프가 끝난 뒤 중국에서는 먹어보지 못한 맛있는 생선요리를 먹었다며 그 생선이 무엇인지 궁금해했다. 무엇이 중국인의 입맛을 사로잡았을까. 나중에 알아보니 골프장 주변 한식 관광식당의 고등어구이였다. 제주바다에서 갓 잡아올린 팔팔한 생선이니 어떻게 요리한다 한들 맛이 없었겠는가.

눈 내리는 골프 코스와 마주한 푸른 바다가, 살짝 눈 덮인 필드 위로 힘차게 떨어지는 빨간 공이, 신선한 고등어구이가 낯선 중국인을 제대로 매혹한 것 같다. 사위는 제주도는 한번 살아보고 싶은 곳이라 했다.

나는 문득 남편과 신혼여행 갔을 때의 제주가 생각났다. 푸른 바다와 귤밭, 지나가다가 본 양떼들의 모습. 또 학교에서 학생들 졸업여행에 동행해 관광버스로 정해진 코스를 돌고 한라산 등반했던 기억도 아스라이 떠올랐다. 이런 내게 중국인 사위가 내 나라 섬 풍광이 수려하다고 감탄하니 자랑스럽기도 하고 한편 고맙기도 했다. 제주사랑에 빠진 사위는 결국 그가 바라던 대로 이곳에 오면 머무를 콘도를 마련했다. 하지만 새로운 거처는 남편과 내 차지가 되었다. 멀리 사는 딸과 사위가 자주 올 수 없으니, 최대 수혜자가 된 셈이다. 남편과 나는 주말이면 부지런히 이곳으로 왔다.

공항에 내리는 순간 코끝에 와닿는 촉촉한 공기가 좋았다. 콘도로 향하는 길에 마주치는 곽지해수욕장의 바다가 몇 시 경이면 석양에 부딪혀 은빛 물비늘을 만들며 반짝이는지, 비양도의 바다가 하루의 어느 때쯤이면 세상에 없는 아름다운 옥색 빛을 띠는지, 새로운 발견은 끝이 없었다. 모르고 무심하게 지냈던 내 나라 섬의 새로운 공부가 시작되었다.

제주도는 워낙 바람이 많다. 그중에도 한라산이 막아주지 못하는 섬 양쪽 끝의 바람은 유난하다. 센 바람에 밀려 빠르게 흘러가는 갖가지 모양의 구름은 온갖 형상을 만들어내며 구름쇼를 펼친다. 섬의 서쪽 끝에 있는 콘도의 거실에 앉아 밖을 내다보면 구름은 동화 속의 풍경을 만들어내기도 하고 때로는 먹물처럼 시꺼멓게 바람에 쓸리며 쏜살같이 달아나기도 한다. 넋 놓고 흘러가는 구름을 바라보는 사이 어느새 한나절이 지나가 버린다. '나보다 구름을 더 사랑하는 사람이 있으면 나와보라' 했다던 헤세의 구름 사랑만큼 나의 구름 사랑이, 그리고 제주 사랑이 사위가 놓아준 징검다리를 디디며 그렇게 시작되었다.

새로운 삶의 초대장

남편이 은퇴한 지 3년이 지났다. 나도 한 학기 후면 정년이다. 우리는 정년 후 무엇을 하고 살 것인지 생각이 많았다. 누구나 나이 들어 생각하는 첫째 바람은 자손들에게 짐이 되지 않는 노년일 것이다. 또한 조금 더 욕심을 부리자면 작게라도 타인에게 도움이 될 수 있다면 하는 바람일 것이다. 우리 또한 그런 고민을 하고 있었다.

남편은 은퇴 후 친구들과 주로 등산을 했고, 가끔 골프도 나갔다. 단전호흡 등 무언가를 열심히 배우기도 했고 봉사도 하며 바쁜 듯이 지냈다. 특히 아내 앞에서 남편으로서의 체면을 중시하던 그인지라 그즈음 우스갯소리 '삼식이'는 되지 않아야겠다고 생각했을지도 모른다. 또 마음속으로만 선행을 생각하는 나와 달리, 남편은 실천으로 옮기며 장애아학교에 나가 보조교사를 했다. 그런 날은 집에 오면 그곳 학교에서 있었던 일을 소상하게 말하기도 했다. 얘기하는 남편의 얼굴이 따듯해보여 새삼 다시 쳐다보았다.

그럴 즈음 한국의 처가를 오가던 사위가 우리에게 '은퇴 후 같이 제주에서 지내면 어떻겠느냐'고 제안했다. 비디기 보이는 곳에 각자 취향대로 나란히 집을 짓고 살자는 것이다. 그 말이 솔깃하게 귀에 와서 맴돌았다.

둘째딸네가 사는 심천은 홍콩과 접해 있는 경제특별구역으로 급격하게 개발되고 발전한 중국 3대 도시의 하나이다. 가끔 딸 집을 방문할 때마다 마치 어린아이가 쑥쑥 자라는 듯, 도시도 그렇게 쑥쑥 커가는 것 같았다. 성장하는 도시의 기氣가 느껴졌다. 갈 때마다 보이는 도시 모습은 매번 천지개벽한 것 같았다.

도시 곳곳에는 '가든시티'라는 슬로건이 걸려 있고, 계획도시답게 여기저기 광활하다 싶을 정도로 넓고 큰 공원이 조성되어 있었다. 그러나 그 넓은 공원을 채우고 있는 무성하고 푸른 나무들로도 매연은 해결이 안 되었는지, 하늘 높이 솟은 화려한 빌딩 사이로는 항상 뿌옇고 탁한 공기가 빌딩을 싸고돌았다.

어린 아들 둘을 키우고 있는 딸 내외는 맘놓고 먹고 맘놓고 숨 쉴 수 있는 안심 먹거리와 깨끗한 공기가 절실했다. 교육 또한 탐탁지 못했다. 그곳의 국제학교는 각국의 주재원들이 잠시 머물며 자녀를 보내는 학교였다. 때가 되면 그곳을 떠날 학생들과 그런 학생들을 가르치는 학교에서 만족스러운 교육을 기대할 수 없었다. 때마침 제주에 생긴 국제학교에 손녀를 등교시키던 큰딸이 제주학교의 교육방식을 지켜본 터라 적극 추천하면서 둘째는 제주로의 이주를 심각하게 생각해보게 되었다.

남편과 내가 머릿속에서 그려보는 제주에서의 삶은 새로운 세계의 초대장 같았다. 그중에도 손자들과 함께 생활할 수 있다는 것은 말할 수 없는 유혹이었다. 우리는 사위의 제안을 기꺼이 받아들이고 새로운 삶의 준비에 들어갔다. 사위는 장인어른인 남편에게 전적으로 의뢰했다. 남편 또한 앞으로 시작될 새로운 생활은 자신이 개척해야 한다는 책임감과 자부심으로 여정을 착수하고 진행했다. 마치 행복의 문은 당신이 열어야 한다는 듯이.

차로 다니다보면 섬의 처처가 초원이고 들판이요, 산림과 밭, 그리고 귤농장이다. 그 넓은 들과 산이 임자 없는 듯 비어 있어도 막상 꿈꾸고 있는 내 집을 지을 만한 곳을 찾기는 쉽지 않았다. 우선 몇 가지 조건을 충족시키는 입지라야 했다. 아이들 통학 거리가 30분이 넘는 곳이면 아무리 아름다운 경관을 갖추어도 일단 탈락이다. 너무 바닷가에 접해 있어도 안 된다. 혹시 모를 태풍 피해를 생각해서이다. 그러나 바다를 멀리서라도 볼 수 있어야 했다. 그러다 보니 마땅한 땅을 찾기가 적령기 남녀가 배우자를 찾는 것보다 더 힘들었다. 6개월을 주말마다 내려와 돌아보고 또 돌아본 끝에 드디어 이곳이다 싶은 땅을 찾아냈다. 남편과 내가 동시에 의견일치를 본 그곳은 멀리 바다가 보이고 뒷산은 소나무가 병풍처럼 둘러싸여 있었다.

부부

우리는 각자 매일 머릿속으로 집을 짓고 허물었다. 그러고는 자신이 구상하고 있는 집에 대해 서로의 생각을 나누었다. 신기한 것은 남편이 원하는 집의 형태와 공간 등이 내가 생각하고 원하는 집과 거의 다르지 않은 것이었다. 집을 만들어가는 데 있어 거의 이견이 없었다. 세상에 이렇게 잘 맞는 부부가 있을까. 그동안 우리는 각기 다른 소리를 내는 현악기를 든 서툰 연주자처럼 종종 불협화음을 내기도 했다. 불협화음과 하모니를 번갈아 연주해가며 이제 눈만 마주치고도 호흡을 맞추게 되기까지 얼마나 많은 애증의 시간을 보냈던가.

푸르던 우리의 젊음은 가고 어느덧 황혼의 들녘에 서서 이제 우리는 서로를 연민으로 바라본다. 서로 편안해진 노년의 부부가 딸네 집과 나란히 이어 원하는 집을 짓고 수시로 드나들며 귀여운 손자들과 더불어 사는 모습이 그려졌다. 더는 바랄 것 없는 행복한 노년의 모습이었다. 이제 천천히 우리의 의견을 반영해 집을 지어줄 건축설계사도 선정할 예정이었다. 마음은 벌써 설렘과 기쁨이 가득 넘쳤다.

그해 여름 느긋한 마음으로 패키지여행을 떠났다. 남프랑스의 니스와 칸느, 그와 연결된 이탈리아의 몇 도시를 둘러보는 여정이었다. 코스가 언젠가 다녀왔던 도시와 중복되기는 했다. 그러나 지중해 연안의 해안도시 친쿠에테레, 모나코의 니스가 매력적으로 다가와 선뜻 택한 상품이었다. 내심 이탈리아 남부 바닷가의 아름다운 집들을 바라보며 내 집 짓는 데 영감을 얻을 수 있지 않을까 하는 생각도 했다. 다소 막연한 기대와 설렘을 가지고 떠난 여행이었다.

이탈리아의 친쿠에테레는 지중해를 마주하고 있는 다섯 개의 해안마을이다. 산비탈에 세워진 파스텔 색조의 작은 집들이 코발트빛 바다와 어우러져 한 폭의 그림 같았다. 그러나 정작 바닷가의 집들은 4,5층의 우리나라 다세대주택 형식이어서 우리가 막연하게 생각했던 바람은 접어야 했다. 그곳에서 우리는 니스로 출발했다. 니스로 가는 길은 여전히 왼쪽으로 푸른 지중해를 바라보며 가는 해안길이다. 얼마를 달렸을까? 버스가 멈추었다. 가이드가 이곳이 제노아라고 했다. 예로부터 근면하고 쫀쫀한 생활태도 때문에 '인색한 사람들의 도시'라는 억울한 누명을 쓴 도시이다. 제노아 바다는 가장 귀하고 비싼 물감이었다는 울트라마린 색의 물감을 아낌없이 풀어놓은 듯 넘치게 푸르렀다. 마치 인색한 도시라는 억울한 평판을 보상이라도 하려는 듯.

넘실대는 푸른 바다와 함께 온 도시가 풍요롭게 느껴졌다. 그런데 나는 아름답고 짙푸른 지중해를 앞에 두고도 아기자기한 제주 바다가 생각났다. 두고온 '내 고향 남쪽 바다'처럼. 때마침 내 마음을 들여다보기라도 한 듯이 옆에 있던 남편이 말을 걸어왔다. "우리 제주 바다가 더 아기자기하지 않아?" 부부란 참 이상한 존재이다. 살면서 때로 다투기도 했고 무덤덤하기도 했지만 이럴 때면 또 같은 생각을 하고 있으니 말이다.

아름다움에 대한 평가는 주관적이다. 마치 사랑에 빠진 남녀가 그 앞에 천하절색이 지나가도, 또는 그리스 조각처럼 멋진 남자가 나타나도 눈길 한번 주지 않고 내 여자 내 남자에게 열중하듯. 세상에 내로라하는 아름다움을 자랑하는 제노아, 꼬따쥬르를 앞에 놓고도 우리는 제주의 아기자기한 바다를 생각하고 있었다. 오로지 바다를 바라보며 뒤에서 솔바람이 불어오는 곳에 마련할 내 집을 머릿속에 꿈꾸었다. 그곳이 오두막이 될지언정 어느 궁궐이 부럽지 않았다. 새로운 곳, 우리만의 '가나안'이 될 집을 머릿속에 그리며 희망이 넘쳤다. 얼핏 바라본 남편의 옆얼굴이 마치 새로운 땅의 상륙작전을 앞에 둔 장군의 얼굴처럼 멋져보였다.

지울 수 없는 추억

어릴 적 근사하게 새 집을 짓고 이사한 친척집에 우리 가족이 초대받아 갔을 때였다. 그때 아버지는 "집은 평생에 한 채 지으면 족해요. 그런데 이렇게 훌륭한 집을 지었으니…" 하며 감탄하고 치하하셨다. 그만큼 집 짓는 일이 힘들다고 말씀하신 것 같다.

딸네와 우리가 집을 짓는데도 암초를 만나 큰 어려움을 겪었다. 예전보다 설계나 건축자재, 그 밖의 집 짓는 기술이 매우 과학적이고, 큰 발전은 했어도 집을 짓는 당사자의 어려움은 크게 다르지 않았다. 집을 짓는 것은 아무리 순항한다 해도 많은 어려움이 필수로 따르니, 행복하지만 고통스러운 창작작업이라고나 할까.

우여곡절 끝에 멀리 바다가 보이고 뒷산에서 솔바람이 불어오는 꿈의 집이 완공되었다. 독립된 각 채를 지으려고 했던 애초 계획과는 달리, 두 집을 통합해 한 채로 만들고 가운데 문을 두어 공간이 분리된 집이다. 요즘 유행어로 '따로, 또 같이'의 생활이 가능한 집이다.

정원에는 투명하고 옅은 분홍색 꽃을 피우는 동백 한 그루와 진하고 붉은 꽃의 동백 두 그루, 제주의 토종나무인 먼나무 다섯 그루와 단풍나무 한 그루, 봄을 소담스럽게 피워내는 목련, 오월이 되면 제주의 돌담 밑에 흔한 아마릴리스가 무더기로 피는 집, 그리고 은목서가 아련한 향기로 둘레를 감싸주는 집이다.

나는 혼자 집 이름을 어떻게 지을까, 골똘히 생각했다. '월든 2' 자그마한 월든 호숫가에 오두막을 짓고 맑은 영혼으로 살았던 소로의 삶에 매료되어 생각해본 이름이다. 혼자 생각하고 혼자 웃음이 나왔다. 누가 봐도 세속적인 삶을 사는 내가 그런 삶을 흉내조차 내기 어려우니 말이다. 작은 통나무집에 의자 몇 개, 그 외 사는 데 필수적인 집기 외에는 아무것도 더 들여놓지 않고 단순하게 사는 삶. 소소한 욕심이 많았던 나와는 너무 먼 얘기이다. 그렇게까지는 못한다 해도 소로가 말하는 생활의 간소화, 소박하고 독립적이되 풍요로운 삶을 살라는 그의 철학을 따라 나도 일상은 간소하게, 그러나 내면은 더욱 풍요롭게 담고 싶었다.

목사님을 모시고 감사예배를 드린 후 짐 정리를 시작했다. 젊은 시절에는 이사를 꽤 다녔지만, 이곳 제주로 이사하기까지 20년을 줄곧 한집에 살았다. 그래서인지 쌓인 짐을 풀어놓으니 어마어마했다. 버리는 작업이 필요했다.

드레스룸만 해도 그렇다. 대충 걸어놓은 옷은 작지도 않은 드레스룸을 꽉 채워서 연예인 옷장 같았다. 그중에는 20년이 넘은 옷도 있었고 유행이 한참 지나 입지도 못하면서 아까워 버리지 못한 옷들도 자리를 차지하고 있었다. 이번에는 과감하게 정리해야겠다 결심하고 하나하나 꺼내는데 저마다 구제해달라는 듯 애잔한 이야기를 앞세운다.

오래 전 크리스마스 때 큰딸이 돈 아끼지 않고 남편과 내게 선물했던 고급 스웨터와 머플러, 둘째딸애가 첫 월급을 받았다고 백화점에서 사주었던 연두색 블라우스, 막내가 한푼이 아쉬웠을 유학 중에 그곳 할인매장에서 사다주었던 포근하고 고급스러운 캐시미어 스웨터. 분홍색이 엄마에게 어울릴 것 같아 선택했는데 맞는 치수가 품절이라나. 그래도 마음이 가서 샀다는 스웨터는 너무 커서 몇 번 입지 못한 탓에 아직도 새것처럼 털이 포근하다. 그 밖에도 크고 작은 사연들이 옷 부피만큼이나 켜켜이 쌓여 나를 망설이게 한다.

가구 또한 마찬가지다. 잠시 사는 집이라도 이왕이면 깨끗하고 예쁘게 정리해놓고 기분좋게 살아야 일도 잘 풀린다는 신조를 지닌 나는 집 꾸미는 것이 소소한 재미였다. 그렇게 하나, 둘 사들인 것들을 버리기란 쉬운 일이 아니었다. 가구에서도 크고 작은 순간의 장면들이 따라나왔다. "여보, 이 가구 예쁘지?" 자그마하고 세련된 테이블을 보며 얼굴까지 상기된 나를 보고 남편은 그저 고개만 끄덕였다. '이 여자가 이리도 사고 싶어하는 것을 어찌 막으리오' 하는 듯 바라보던 눈빛이 여전히 남아 있는 그걸 과감하게 떨쳐냈다. 사랑은 또 다른 데서 피어나고 추억은 또 새롭게 만들어질 것이므로.

그렇게 정리하면서도 끝내 두 가지 품목은 내가 죽기까지 함께 가기로 마음먹었다. 어느 날 남편과 서울 근교 아울렛에 가서 각기 필요한 것을 사기로 하고 헤어져 구경하던 중이었다. 방금 헤어진 남편에게서 전화가 왔다. 내가 가진 S카드가 필요하다고 했다. 카드를 건넸더니 조금 있다가 큰 금액이 딩동, 하고 내 핸드폰으로 날아왔다. 남편이 비싼 겉옷을 맘먹고 산 것이다. 그때 나는 왜 하필이면 내 카드로 샀느냐고 화를 냈다. 남편은 그 카드의 특별할인이 있어 샀으니 돈을 따로 주겠다고 했다. 패딩으로 된 짙은 회색의 반코트는 심플하면서도 멋스러운 모양새가 한눈에 봐도 고급스러워 보였다. 좋은 옷 샀다고 같이 좋아해주기는커녕 이 세상 떠날 때 한 푼도 못 가져가는 돈을 가지고 내가 왜 그랬을까.

또 한 가지는 내가 늦은 나이에 교수 임명장을 받았을 때 남편이 내 연구실에 마련해준 책상과 의자, 그리고 책장이다. 학교에서 배분되는 책상과 모든 집기가 있건만 살림하던 여자가 교수가 되었다고 대견해하며 크고 고급스러운 책상과 회장님이나 써야 어울릴 의자를 내 연구실에 배치해주며 남편이 더 좋아했다. 그 옷과 가구는 아직 쓸 만하고 필요한 것이기도 하지만, 하나는 남편에게 너무나 미안한 마음에, 하나는 너무나 고마운 마음에 영원히 함께하기로 했다.

가족이 함께 산다는 것은 이렇게 끝없이 버리고, 기억하고 얻으며 새로운 역사를 만들어가는 것인가보다. 봄여름이 지나고 가을이 오고, 겨울이 지나며 우리들의 희로애락의 추억 또한 새로이 쌓일 것이다. 그 또한 모든 색이 어우러진 한 폭의 아름다운 수채화이길 바란다면 과한 욕심일까.

지네는 공해 없는 곳에만 살까

새집으로 이사한 후 물건 정리 등으로 피곤했던 즈음이다. 아침에 일어나 목욕탕 앞쪽 바닥에 아무렇게나 벗어 던져놓았던 바지를 주워 입었다. 순간 무언가 날카로운 것이 발을 찌르는 듯싶었다. 소스라치게 놀라 바지를 내팽개쳤다. 마룻바닥 저쪽으로 검붉은 색깔을 띤 지렁이 비슷한 생물체 한 마리가 바닥에 떨어졌다. 그리곤 마디마다 달린 무성한 다리로 몸통을 좌우로 흔들며 쏜살같이 달아났다. 초등학교 시절 생물도감에서 본 지네였다. 실물로 맞닥뜨린 녀석의 실체는 끔찍했고 소름이 돋았다. 와중에도 지네를 죽여야 한다는 생각밖에 나지 않았다. 잔뜩 긴장해 떨면서 부엌에서 제일 무겁고 큰 칼을 들고 와보니 지네는 이미 온데간데없어졌다. 발등은 곧 퉁퉁 부어오르기 시작했다.

어쩌다가 그렇게도 징그러운 미물에게 속절없이 물렸을까 하는 생각에 분노까지 치밀었다. 부어 있는 발등을 보며 나는 줄곧 생각했다. 어떻게 해야 하나? 순간 끔찍했던 느낌이 머릿속에 강하게 입력되었는지 그 흉한 녀석이 나올 수 있는 곳이라면 도저히 못 살 것만 같았다.

나흘쯤 지났을까. 발등이 서서히 가라앉아갈 무렵 무심히 TV를 돌리던 중, 공교롭게도 지네채취꾼들에 대한 프로그램이 방영되고 있는 것을 보았다. 지네는 공해가 없는 깨끗하고 습한 곳에 섭생하는 생물체라고 했다. 한약재료로 쓰이기 때문에 마리당 3천 원씩 팔린다는 내용도 있었다. 채취꾼이 산기슭의 수북한 낙엽을 제치고 지네를 잡아 걷어올려 망태에 넣는 장면도 보여주었다. 나는 '공해가 없는 곳에 사는 생물체로 한약재료로 쓰인다'라는 내용만 끊임없이 되뇌며 내 머릿속에 극히 혐오스럽게 입력된 생각을 바꾸려고 노력했다. 결국은 그 끔찍한 생물체도 자연의 일부라고 받아들이기로 했다. 전원 속, 자연 속, 삶의 귀화를 위해 혹독한 관문을 거친 셈이었다.

십여 년 전 스위스의 '루체른'에 한 달간 체류한 적이 있다. 짙은 갈색의 오래된 목조다리 난간을 화려한 사피니아 꽃으로 흐드러지게 장식한 카펠교는 루체른의 대표 명소로 관광객을 매혹한다. 그곳을 한 발짝만 벗어나면 여기저기 펼쳐진 초원과 샬레의 풍경 또한 포근하고 평화롭기 그지없다. 석양에 비친 연둣빛 풀이 부드럽게 물결치고 짙은 초록의 나뭇잎은 바람결에 살랑댄다. 천상의 초원이 이만큼이나 아름다울까.

나는 틈나는 대로 그곳을 거닐었다. 그런데 걷다보면 그림처럼 아름다운 푸른 초장 밑으로 작고 검은 뱀이 스르륵 가로질러간다. 그뿐만 아니라 전원의 풀냄새, 꽃향기와 함께 섞여 고약한 퇴비냄새가 간간이 코를 찌른다. 멀리서 바라보면 그림엽서 같았던 초원 속에는 작은 뱀도, 징그럽기만 한 벌레들도 역한 퇴비냄새도 함께 어우러져 아름다운 대자연을 완성시킨 것이었다. 아, 그때 잠시 대자연의 법칙을 깨달았었건만 그동안 또 잊고 있었나보다.

19세기 프랑스의 사실주의 화가 쥘 브르통Jules Breton은 〈이삭줍기〉의 화가 밀레Jean-Francois Millet와 같은 시대를 살았다. 그는 당시의 가난과 기근을 잊게 하는 풍요로운 그림을 그려 당대에 많은 인기를 누렸다. 농촌에서 태어나고 자라 주로 농촌 그림을 그렸던 그는 평화로운 시골 풍경을 배경으로 건장하고 힘이 넘치며 당당하고 우아한 농촌 여성을 그려넣어 도시인의 갈망을 채워주었다.

가난과 노동에 지친 농촌 여인이 어떻게 뽀얀 살결에 살집도 튼실하며 우아하고 당당했겠는가? 그건 바쁘고 찌들은 도시인들이 머릿속으로 갈구하는 풍경이었다. 전원생활의 평화와 고요와 풍요를, 즉 도시인들이 생각하는 이상향을 모두 담은 그림이 도시인들을 매혹했던 것이다.

살아오는 동안 거의 도시를 떠나본 적이 없었던 내가 전원생활을 생각하며 머릿속에 그려왔던 그림도 아마 쥘 브르통의 그림과 같은 것이었을지도 모르겠다. 이제 나는 전원 속 삶으로의 진입을 위해 어려운 관문을 거치고 현실의 자연 속으로 한 발짝 더 들어왔다. 대자연은 인간의 눈으로 보기에 아름다운 것이든 추한 것이든 모든 걸 포용하고 아우르며 생태계의 질서를 유지하고 있음을 이제 겨우 머리로만 깨달았다고나 할까. 지금도 지네만 한 크기의 작고 거무스레한 나뭇가지만 봐도 여전히 소스라치게 놀라고 있으니 말이다. 그런데 이상한 것은 요즈음 지네가 거의 보이지 않는다는 것이다. 우리가 점령한 이 땅이 녀석에게 이젠 공해가 된 것일까.

가출한 제비

새로 지은 집에 입성하고 얼마 지나지 않아 생물체 두 마리가 함께 살자고 따라왔다. 제비 한 쌍이 현관 앞 등 위에 집을 짓기 시작했다. 두 마리 제비는 바늘과 실처럼 붙어다니며 현관과 이어진 주차공간을 신바람나게 날며 생기 넘치게 제제 거리기도 했다. 그리고 현관에서 밖으로 통하는 통로를 따라 들로 산으로 오가며 부지런히 흙을 물어다가 그들의 보금자리를 만들어갔다. 제비가 흙을 물어다가 집을 짓는 것을 처음 본 터라 신기해서 흥미롭게 지켜보았다.

하필 제비가 보금자리 터로 마련한 곳은 사람들이 수시로 드나드는 현관 입구의 등 위였다. 현관 입구에는 진흙을 물어다가 붙이는 과정에서 흙부스러기와 배설물들이 시도 때도 없이 떨어졌다. 그러니 아무리 너그럽게 봐주려고 해도 허용이 안 되었다. 우리는 제비집이 얼추 모양새를 보이며 진흙이 쌓일 즈음 그 집을 헐어냈다. 제발 딴 곳에 터를 잡았으면 하는 바람과 함께. 필사적이고 끈질기게 흙을 물어다 나르는 제비와 무자비하게 털어내는 딸과 나, 그 전쟁은 얼마간 반복되었다.

제비 세계에서조차 내 집 마련 욕망이 저토록 강한 것일까 생각하던 즈음, 돌연 그들의 집짓기가 중단되었다. 그뿐 아니라 사이좋던 짝은 어디로 갔는지 남은 한 마리만 현관과 이어진 주차장을 느리게 날고 있었다. 항상 두 마리가 위로 아래로 정답게 날아다니더니. 더는 유쾌한 지저귐도 없었다.

그 모습을 보니 갑자기 측은한 마음이 들었다. 어찌된 일일까 궁금하고 걱정도 되었다. 같이 제비집을 열심히 걷어냈던 딸은 약육강식의 험한 생태계에서 힘 있는 다른 생물체에 먹히거나 사고가 났을 수 있다고 걱정했다. 그리곤 제비가 혹시라도 다쳐서 돌아오기라도 한다면 흥부네 제비처럼 다리라도 싸매줄 듯 기다렸다. 사위의 말은 애초에 사이좋은 제비 한 쌍이 가정을 꾸리고 재미있게 살려고 했단다. 그런데 집 하나도 제대로 마련하지 못한 수컷 제비에게 실망해서 암컷 제비가 집을 나갔다고 했다. 나는 아무래도 다른 좋은 남자가 생겨서 바람이 났는지도 모른다고 했다.

아무리 우스갯소리이기는 해도 제비 한 마리의 실종을 놓고 이렇게 다른 상상을 펼쳐내다니. 더 재미있는 건 우리가 흔히 '무의식의 발로'라는 말을 쓰듯이 각자 무의식 중에 자신의 머릿속에 내장되었던 생각과 연관된 말을 한 것이다. 보수적 사고 속에서 살아온 나는 혼란하고 자유분방한 요즘 세태를 보며 그렇게 말했는지도 모르겠다. 두 아이를 키우는 딸은 자나 깨나 물가에 내어놓은 것처럼 걱정이 되는 두 아들 생각이 머릿속을 지배하니 제비조차도 행여나 사고가 나서 다치지 않았을까 하는 생각인 것 같다. 사위는 남자라면 모름지기 안락한 보금자리를 만들어 가족을 보호하고 책임져야 한다는 사고가 잠재되어서 그렇게 얘기했을 것이다.

나는 뜬금없이 '민주주의란 참으로 어렵겠구나' 하는 생각이 들었다. 제비집 사건 하나로 생각이 너무 비약됐을까? 사소한 사건 하나를 놓고 비슷한 환경 속에서 비슷한 정서를 가지고 사는 식구조차 이렇게 전혀 다른 생각을 하니 말이다. 하물며 전혀 다른 환경에서 자라나고 생활하고 각기 경험이 천태만상인 사람들의 생각하는 바는 또 얼마나 다를 것인가.

같은 상황에서 각기 다른 경험을 가진 사람들의 이해관계가 전혀 다르고 거기에 감정까지 동원된다면 문제가 사뭇 복잡해지게 된다. 우리나라와 같이 좁은 영토에서 단일민족으로 살아온 사람들은 서양의 집단주의문화와 달리, 관계주의문화에 익숙한 사람들이라고 한다. 관계주의문화에 익숙하다보면 모두가 가족 같아질 수 있다는 생각이 저변에 깔려 있어 갈등이 유발된다. 나하고 다르다는 것을 인정하지 않기 때문이다. 내 생각과 다르고 내 말이 통하지 않을 때 분노가 일어나는 것이다. 관계주의문화의 부정적 영향인 셈이다.

어느 학자의 이론을 말했지만, 나야말로 관계주의문화에 젖어 살고 있는지도 모른다. 남편은 젊은 시절 한때 고분고분하고 무조건 네, 네 하는 조선시대 여인 같은 아내와 살고 싶은 로망을 가졌던 것 같다. 나이가 들어서는 그도 생각을 바꿨지만. 그런 남편이 어느 날 내가 여러 사람 앞에서 남편과 다른 의견을 '또박또박' 말했다고 '아니, 저 마누라가 감히 어떻게…' 하는 눈빛으로 나를 생경하게 쳐다보던 얼굴이 생각난다.

요즘 들어 다 큰딸들이 나와 다른 의견으로, 혹시 마찰이라도 생길라치면 나 또한 '아니, 내 손으로 내 밥 먹여 키워놨더니' 하는 생각에 슬쩍 화가 나기도 한다. 아마 딸들을 쳐다보는 내 얼굴 또한 남편이 그때 나를 바라보던 얼굴과 별반 다르지 않을 것이다. 그러나 이 또한 사랑으로 이루어진 가정 내에서의 의견이라 대부분 건설적으로 마무리된다.

나는 요즈음 TV를 보면 스트레스를 많이 받는다. 물론 유용한 프로그램도 많지만 정치대담과 같은 프로는 보고 있으면 기분이 우울해질 때가 종종 있다. 나와 다르면 끝없이 비난하고 헐뜯는 모습들을 바라보는 것이 힘겹다.

그나마 나는 제주에 살며 푸른 바다와 신선한 초목들에 둘러싸여 저런 세상의 모든 것에 거리를 두고 볼 수 있으니 얼마나 행운인가. 크고 작은 이익이나 자신만이 옳다는 생각에 사로잡혀 이런 멋진 여유를 놓친 사람들에게 제주의 청정한 공기를 배달해주고 싶다.

조 칸트 할머니와 Z세대 손자

둘째딸네 가족과는 한지붕 밑에 살고 있다. 가운데에 내 집과 딸 집을 이어주는 문을 사이에 두고 공간은 완벽하게 둘로 나뉘어 있어 서로의 독립생활이 보장된다. 아침이면 일어나 각자의 아침 시간을 즐긴다.

나는 향 좋은 커피 한 잔을 만들어 테이블 앞에 앉는다. 거실 창밖으로는 아랫마을의 올망졸망한 집들이 아침햇살에 기지개를 켜며 모습을 드러내고, 멀리 마을 끝으로는 푸른 바다와 갖가지 모양의 구름이 새로운 모양으로 하루의 시작을 연출한다. 나는 오늘 보낼 하루를 생각해보다가 딸네 집으로 가보기도 하고, 아니면 딸이 건너와 아침 인사를 하기도 한다. 그도 아니면 둘 다 각자의 아침 시간을 조용히 보낸다.

요 며칠 아침마다 딸네 집 쪽이 소란스레 느껴진다. 얼핏 손자를 나무라는 듯한 딸애의 톤 높은 목소리가 들리는 듯싶기도 하다. 나는 소란의 원인이 무엇인지 딸네 집으로 건너가보았다. 딸애는 큰 손자 때문에 작은아이의 등교 시간이 늦었다고 큰손자를 나무라고 있었고, 작은아이는 지각할까봐 마음이 급해서 발을 동동거렸다. 큰아이와 작은아이의 등교 시간이 30분 간격이라 딸은 작은애 등교 시간에 맞춰 큰애에게 30분 일찍 일어나 같이 나가주면 좋겠다고 부탁했단다. 그래도 새벽의 꿀잠을 포기할 수 없는 큰애는 아랑곳하지 않고 매일 늦게 일어나 이런 일이 벌어지는 것이다. 그 모습을 보고 내가 선뜻 제안했다. 작은 손자를 내가 데려다줄 테니 큰아이를 단 몇 분이라도 잠을 좀 더 자게 하고 따로 등교시켜주자고.

이렇게 둘째 손자는 나와 함께 등교하게 되었다. 학교는 차로 약 20분 거리에 있다. 나는 이 짧고도 소중한 시간에 손자와 어떤 대화를 하며 소통할지 생각한다. 그런데 손자가 먼저 다정하게 말을 건네온다. "할머니, 요즘 문제가 되는 페미니즘에 대해 어떻게 생각하세요?" 순간 나는 좀 전에 손자의 정신세계에 도움이 되어보겠다는 일념으로 내 방식의 충고를 꺼내지 않은 것을 다행으로 생각했다. 소위 요즘 말하는 MZ세대를 시기로 구분한 2004년까지로 친다면 손자는 Z의 끝자락에 속한다. 손자는 또래에 견주어볼 때 공감능력이 뛰어난 편이다. 그래도 태어날 때부터 디지털 삶을 살아 그 세대가 가진 특성을 모두 갖춘 손자가 나이든 할머니의 일방적 생각을 받아들이고 소통하기는 쉽지는 않을 테니 말이다. 손자는 가는 동안 할머니인 내게 매일 그들 사이에서 문제가 되는 이슈를 꺼내어

자기 생각을 얘기해준다.

나는 또 손자의 세계를 새롭게 접하며 또래 아이들의 시고를 엿보기도 할 수 있는 시간이 즐겁다. "할머니 오늘은 뭐하실 거예요?" 내릴 때쯤이면 손자가 묻는다. 나는 아무 일 없이 손놓고 사는 할머니가 아니라는 것을 증명이라도 하려는 듯 작은 일도 크게 포장해서 손자에게 얘기한다. "먼저 집에 가는 길에는 '저지오름' 한 바퀴 돌고 그다음 어쩌고…" 등등. "할머니, 왜 똑같은 '저지오름'을 매일 가셔요? 싫증나지 않으세요?"

"아니, 내가 '조 칸트'거든."

조 칸트는 철학자 칸트Immanuel Kant 앞에 나의 성씨 조를 붙인 것이다. "조 칸트?" 손자가 칸트를 알 리가 없다. 나는 금방 우쭐한 목소리로 "칸트라는 철학자가 매일 같은 산길을 같은 시간에 산책하면 사람들이 칸트가 지나가는 것을 보고 시간을 맞췄대. 나도 매일 같은 시간 같은 산길로 산책하고 있으니 칸트지. 그래도 보이는 풀과 나무는 매일 다르거든." 위대한 철학자 칸트가 말한 사상의 깊이를 잘 모르는 채로 그가 태어난 발트해 부근의 쾨니스베르크에서 시계처럼 일과에 맞추어 살고, 매일 같은 길을 산책했다는 얘기만으로 감히 위대한 철학자를 나에게 맞추어 들먹인다. "아, 그런가요, 할머니? 조 칸트 할머니, 그럼, 오늘도 잘 보내세요." 손자는 곧 차에서 내려 친구들과 섞여 교문 안으로 사라진다.

아이를 내려주고 오름을 한 바퀴 돌고 내려와 집으로 돌아오는 길은 여러 갈래여서 기분에 따라 맘껏 선택할 수 있다. 보통 편하게 다니는 넓고 시원하게 뚫린 중심도로. 차 두 대가 지나갈 수 있는 구불구불하지만 운치 있는 길. 좀 멀기는 해도 이시돌목장을 지나 한라산을 바라보며 길섶의 풀도 야생화도 감상하며 돌아올 수 있는 산길.

오늘은 목장길을 택했다. 목장의 신선한 유기농 치즈와 커피를 파는 카페에 들러 커피 한 잔을 들고 나왔다. 싱그럽게 바라보이는 나무들이 아침 이슬에 젖어 잎새마다 햇살에 반짝인다. 유난히도 향기로운 커피 향이 사람의 마음을 달콤하고 행복하게 만들어준다. 오늘은 손자가 말했던 바이어럴 마케팅Viral Marketing을 공부해봐야겠다. 손자와 다음 대화를 할 수 있도록. 하기는 내가 가르치던 과목이 마케팅이기는 하지만 요즘 업그레이드된 마케팅도 알아야겠다. 자랑스러운 할머니는 못되더라도 최소한 꼰대할머니는 되지 말아야겠기에 말이다.

동네 사우나에서

집 가까이에 있는 대중 목욕탕에 갔다. 몸이 피곤할 때 찾아가 피로를 날리고 오는 곳, 내가 제주에서 사랑하는 곳 중 하나이다. 뜨거운 사우나에 들어가 땀을 내고 때까지 밀고 나오면 피로는 온데간데없어지고 몸은 날아갈 듯 상쾌하다. 들은 바로는 동네 주민들 소유의 땅에 목욕탕을 지어 공동으로 운영한다고 한다. 목욕하러 온 여인네들은 드라마 〈우리들의 블루스〉에서 '은희수산' 앞에 모인 동네 사람들처럼 서로를 잘 아는 듯했다. 그 틈에서 나는 어쩔 수 없이 한눈에 봐도 표가 나는 외지인이다.

목욕장으로 들어가는 중에 탕 속에 몸을 담그고 있던 누군가가 나를 불러세웠다. 아는 사람 하나 없는 이곳에서 누굴까 뒤돌아보니 한 여인네가 손가락으로 문을 가리키며 제대로 닫고 오라고 지시한다. 분명히 닫고 들어왔는데 아마도 유연한 슬라이딩 도어가 닫힌 다음 반동으로 다시 미끄러져 열린 것 같았다. "닫았는데 다시

열렸나봐요." 어쭙잖게 변명하며 조금 열린 문을 닫고 왔다.

샤워를 간단히 하고 사우나로 들어갔다가 나와 물을 끼얹고는 뜨거운 탕 안에 다시 몸을 담갔다. 그런데 누가 또 뭐라 한다. "탕 안에 들어오려면 샤워를 하고 들어와야지." 아주 못마땅한 어투다. 아까 그 여인네다. "샤워하지 않고 여기 그냥 들어오는 사람이 어디 있겠어요?" 기분이 퍽 상했지만 꾹 참고 곱게 말했다. 서로 이웃같이 지내는 사람들 틈에서 외지인인 내가 조심하지 않을 수가 없다. 나를 트집잡은 여인은 그 여인네들 무리에서도 영향력이 있는 듯 보였다. 될 수 있으면 휘말리지 않으려는 내 의도와는 달리 여인이 또 물러서지 않고 한마디 한다. "아까 사우나에 들어갈 때도 머리 안 감고 들어갔잖아." 반말까지 섞였다. 오늘, 나는 때 미는 아주머니에게 때를 밀고 머리도 감겨달라고 하고 피곤한 내 몸을 호사시켜줄 양으로 온 것이다. 그런데 머리를 미리 감지 않았다고 트집잡는 것이다. 더는 참을 수가 없어서 물속에서 일어나며 소리를 쳤다. "도대체 나한테 지금 왜 이러는 거예요." 만만하게 보였던 내가 갑자기 저돌적으로 나오니 순간 당황하듯 하던 여자는 이내 벌떡 일어나더니, 손으로 내게 물을 끼얹는 시늉을 했다.

동물의 뇌는 대립각에 직면했을 때, 본능적으로 이기고 질 가능성을 먼저 정확히 판단한다고 한다. 그리고 승산 없는 싸움을 피한다고 했던가. 나는 본능적으로 이건 아니다 하는 생각이 들었다. 커다란 덩치에 힘이 넘치듯 보이는 그 여인네하고 벌거벗고 싸우다니. 우스꽝스럽고 험한 꼴이 연상되어 자리를 피했다. 쪽팔리는 상황이었다. "젊은 사람이 잘못했다고 말하면 될 걸." 자리를 피하는 내 등에 대고 그 여인네는 터무니없는 한마디를 덧붙였다. 내가 무엇을 잘못했는지는 모르겠지만 아무튼 날 보고 젊다고 하니, 시력이 형편없는 여자로구먼…. 속으로 혼자 생각하며 어쨌든 젊다는 그 말에 화를 참기로 했다. '내가 젊게 보여서 만만하게 보였을지도 몰라' 애써 혼자 정신승리법을 쓰려는데 소란한 낌새에 놀랐는지 세신을 해주는 아주머니가 나서서 내 손을 끌고 세신 룸으로 안내했다. 어쩌다 한번씩 가는 나를 기억하고 다정하게 대해주던 아주머니이다. 씩씩하고 생활력 강한 전형적인 제주 여인이다. 언짢은 내 마음을 풀어주려는 듯 아주머니는 이제 여기 오려면 바쁜 시간에 와서 기다리지 말고 자신에게 미리 전화하란다. 그리곤 목욕이 끝난 후 잊지 않고 따라나와 자기 번호를 내 휴대전화에 입력시켜 주었다.

내가 학교에 근무할 때 제주도에서 안식년을 보내고 온 교수가 있었다. 그는 어쩐 일인지 6개월이나 머무른 제주를 혹평했다. 분명히 제주의 매력에 끌려 그곳에 머물렀을 텐데 말이다. 그의 불만을 요약하자면 그곳은 궨당(친척)이나 그들만의 토종 커뮤니티에 속한 사람이 아닌 외부인에게는 배타적이며 몹시 불친절한 곳, 모든 것을 그들끼리만 나누는 곳, 한마디로 살 곳이 못 된다고 했다.

맞기도 하고 틀리기도 하다. 그러함에도 이곳에 살 만한 이유는 넘쳐나니 말이다.

제주 사람들은 특유의 궨당문화 속에서 끈끈하게 뭉쳐 같이 나누고 같이 기뻐하고 슬퍼하곤 한다. 밭의 경작물도 넉넉히 나누며 산다. 더할 나위 없이 좋은 제주의 토착문화이다. 나 홀로 가족, 고독사가 화두가 되는 요즈음 장려해야 할 문화이다. 더 바람직한 건 마을을 개발할 때도 궨당 또는 주민 모두가 한 단위가 되어 서로 힘을 합해 개발하고 거기서 나오는 수익금을 공동 관리해 마을 전체에 혜택이 돌아가도록 한다. 흔히 개발지역의 주민이 개발 주체가 되지 못해 결국 타지의 큰 자본에 이익이 넘어가고, 지역 주민은 그 혜택을 누리지 못하는 경우를 생각해보면 바람직한 제도라고도 할 수 있다. 궨당문화는 분명히 이롭고 생산적인 문화이다. 그러나 수많은 외지인이 제주를 오가며, 온 지구가 한가족이 되어가는 지구촌 시대에 씨족사회와 같은 규모의 궨당과 이웃의 범위가 몹시도 좁다는 것이다.

내가 사는 이곳 지역의 농협 하나로마트는 주로 우리 토종식품 위주로 판매한다. 그런데 어느 날 장보기를 하다가 재미있는 것을 발견했다. 해산물 코너의 큰 수조 위에 붙은 종이 위에는 이렇게 쓰여 있었다. “원산지 표시는 고객과의 소중한 신뢰의 시작입니다. 대게, 러시아/랍스타, 캐나다/킹크랩, 러시아”

멀리 러시아, 캐나다로부터 공수되어온 대게와 킹크랩, 랍스타가 우리 제주 앞바다 전복과 사이좋게 진열되어 있었다. 서귀포 이마트에는 세계 각국으로부터 들어온 식품들이 넘쳐난다. 새벽 바닷가 항구의 어시장에 나가면 갓 잡아올린 갈치가 짝으로 넘쳐나는데도 어쩐 일인지 저 먼 아프리카 세네갈에서 온 갈치도 보인다. 게다가 입안에 넣으면 고소한 풍미와 함께 그만 살살 녹아버리는 추종 불허의 제주 오겹살 돼지고기가 있건만 지구 반대쪽에서 날아온 칠레산 돼지고기도 버젓이 자리를 차지하고 있다. 질 좋은 토종식품과의 단가 차이 때문인지 그 식품들 또한 다 소진되어 그 몫을 한다.

밥상을 차리면 제주 토종 재료와 세계 각국에서 이곳 작은 섬으로 날아온 음식이 한상에 펼쳐진다. 글로벌 식탁이다. 가장 토속적인 식탁이 차려져야 할 것 같은 제주 섬의 식탁도 온 세계 것으로 어우러진다. 식품은 말할 것 없거니와 모든 게 지구촌의 움직임에 의해 즉각 영향을 받는다. 저쪽에서 기침하면 내가 벌써 콧물이 나듯이.

We are the World. 진부하지만 진부하지 않은 구호다. 1988년 온 국민과 세계인의 성원 속에서 치러진 서울올림픽 구호, 이 구호에 온 지구촌 사람들은 대한민국에 이목을 집중시키며, 얼마나 열광했던가. 이웃과 켄당도 대한민국의 범위만큼 커질 수 있으면 좋겠다. 지구촌까지는 못 되더라도 말이다.

제2장
명품의 완성

거슨세미오름

하늘이 파랗다. 바다 색깔도 짙푸르다. 마치 사랑하는 연인들이 커플티를 입은 듯이. 바다색은 무조건 하늘의 빛깔을 따라가는 한 쌍인 것을 이곳 제주에 와서 비로소 알게 되었다. 며칠간 시야를 뿌옇게 만들던 안개도 말끔히 가셨다. 멀리 보이던 중문 바닷가의 호텔들, 여미지식물원이 눈앞으로 선명하게 다가선다. 먼바다에는 하얀 배 한 척이 한가롭게 떠 있다. 어제 TV에서 제주에는 밤부터 장맛비가 시작되니 대비하라는 주의보를 몇 차례나 반복했다. 예보에 의하면 지금쯤은 비가 세차게 쏟아지고 있어야 하는데 일기예보가 통쾌하게 빗나간 셈이다. 통쾌하게 빗나갔다는 말은 그만큼 일기예보에 신경을 쓰고 있었다는 말이기도 하다.

제주에 사는 고등학교 동창들과 트레킹 모임이 있는 날이다. 목적지는 구좌읍 쪽에 있는 '거슨세미오름'이다. 보통 샘은 바다가 있는 낮은 쪽으로 흐르게 되어 있는데, 이 샘은 한라산 쪽으로 거슬러

올라간다고 거스른 세미(샘)라는 이름을 얻게 되었단다.

우리 일행은 삼삼오오 카풀로 오름 주차장에 모였다. 청명한 하늘이 감사하다. 매주 화요일을 트레킹의 날로 정해놓은 우리 모임은 자칭 "지구지킴이 모임"이다. 비가 오나 눈이 오나 빠짐없이 지구를 돌아보아야 한다고 해서 붙인 이름이다. 지구를 지킨다는 가상한 생각이 우리의 건강을 지켜줄 것임을 확신하면서 말이다.

일행은 9명에 우리 일행 중 배우자 두 분까지 합해 모두 11명이다. 우리는 트레킹에 가끔 참석하는 이분들을 '남학생'이라고 부른다. 이 '남학생'들은 보통 쓰임새가 좋은 게 아니다. 젊은 시절 기자로 이름을 날리셨던 문 선생님은 지역사회 일에 관여하시며 특히 소외된 곳에 마음을 쏟는다. 얼핏 과묵하나 내면은 세상을 더 나은 곳으로 바꿔야 한다는 열정이 넘치는 분이다. 그분은 예리한 판단력으로 세상 돌아가는 일을 판단하게 해주시니 고맙기 그지없다. 정년 퇴임한 김 교수님은 작품용 무거운 카메라를 어깨에 메고 다닌다. 그 카메라에서는 주름살 몇 개씩 가진 얼굴들이 싱싱한 소녀의 얼굴로 둔갑되어 매직 작품이 나온다. 함께 걷는 동안 그분의 전공과 연계된 다양한 지식을 거저 들을 수 있는 것도 특별한 기쁨이다. 감초 같은 남학생들이다.

오름 초입에는 다른 일행도 모여 준비체조를 하고 있었다. 우리팀은 여느 때처럼 후배 경옥 씨가 가져온 와인을 한 잔씩 마시는 절차로 트레킹을 시작한다. 경옥 씨와 룸메이트인 김 교수님의 합작품, 홈브랜드 와인이다. 몸을 유연하게 풀고 잘 걷자는 의미에서 마시지만, 와인 한 잔에 마음이 더 유연해진다. 와인 맛도 제대로 음미할 줄 모르건만 나는 달콤한 맛에 홀려 배분된 양보다 더 마셨다.

와인 시음을 끝낸 우리는 슬슬 걷기 시작한다. 나도 백팩을 둘러메고 일행의 뒤를 따라 걷는다. 욕심내어 마신 와인 때문일까, 숲속의 촉촉하고 상쾌한 공기 때문일까, 부드러운 흙냄새 때문일까. 아니면 얼굴만 마주 대해도 마음이 밝아지는 동창들 때문일까. 아마도 이 모든 게 함께 어우러져서일 것이다. 자연 속에서 마음은 순수해지고 투명해진다. 이만하면 인생은 살 만하지 않은가. 자연은 우리의 영혼을 어루만지고 영감을 주는 원천이라던 에머슨의 말을 떠올린다. 자연 속에서 인간의 불행 따위는 어린아이의 투정 정도밖에 되지 않는다고 했던 그의 말을 되새기며 부드러운 숲속 길을 한발 내디딘다.

길을 잃다

한 걸음 한 걸음 포근하고 싱그러운 숲길을 내디딘다. 그런데 어느 순간 고개를 들고 보니 우리 일행이 보이지 않는다. 많이 뒤처졌구나 싶어 나는 그들을 따라가려고 뛰면서 소리쳐 불렀다. 대답이 없다. 싱싱한 생명력을 내뿜는 나무들은 무성한 잎새로 오솔길을 점령해 길은 더 좁아졌다. 사방은 고요하기만 했다. 무언가 잘못되었구나. 그러나 오솔길 옆 나무에 간간이 매달려 길 안내를 도와주는 붉은 리본은 분명히 갈 길을 표시하고 있으니 어찌된 것일까. 잠깐 사이에 일어난 일이 당황스러웠다.

걱정이 스멀스멀 피어났다. 일행에게서 이탈했으니 여러 사람에게 민폐를 끼친 것 같아 미안한 마음이 들었다. 한편 어떻게 내가 없어져도 아무도 나를 찾지도 않는단 말인가. 내가 그렇게 존재감이 없는 사람이구나 하는 생각에 서운한 맘도 들었다. 또 바보스러운 행동을 한 것 같아 부끄럽기도 했다. 짧은 순간 마음이 복잡했다. 일단은 멈춰서 전화로 연락해보았다. 리더 격인 희주 씨에게 전화했으나 불통이었다. 다른 팀원도 역시 불통이었다. 우거진 숲속이라 전화 통화가 불가능한가. 오던 길을 되돌아나가는 것이 나을 듯싶었다. 한참 되돌아나오다가 겨우 통화가 되었다. 두 갈래 길로 갈라진 지점까지 되돌아오자 '남학생' 한 분이 나를 데리러 왔다.

한바탕 난리를 치르고 겨우 일행과 합류하게 되었다. 길게 안도의 숨이 쉬어졌다. 내가 잘못 들어섰던 길은 예전 길이고, 이제 새로운 길이 더 쾌적하게 만들어진 것이다. 정비가 된 길 초입에는 비자나무가 줄지어 터널을 만들며 길을 환하게 안내하고 있었다. 비로소 여기저기 피어 있는 산수국이 눈에 들어왔다. 옅은 보라색 꽃잎이 숲속의 신선한 초록색 잎들과 어울려 산속의 선녀처럼 청초하고 기품 있었다. 길가에는 철은 지났건만 연한 순으로 뾰족하게 고개를 내민 늦된 고사리도 보이고, 고비도 보인다. 또 고사리 모양을 하고 있으나 크기가 자이언트 격인 관중, 자그마하고 빨갛게 익은 산딸기나무도, 땅에 납작하게 붙어 배시시 고개를 내민 뱀딸기도 있었다. 하늘 높이 우람하게 뻗은 키 큰 삼나무 밑으로는 키 작은 나무와 야생초가 사이좋게 어우러져 있다. 크다고 오만하지 않고, 볼품없이 작다고 기죽지 않고, 저마다 다른 모양새로 숲과 어우러지며 자신만의 존재를 드러낸다.

한 남학생은 열심히 수다떨며 걷는 우리에게 간간이 나무와 풀이름을 알려준다. 이것이 천남성, 이것은 으름 열매, 이것이 다래

등등. 천남성은 과거에 임금이 사약을 내릴 때 쓰던 식물이라고 했다. 천남성의 빨갛게 익은 열매를 찌서 만들었다고 한다. "그런데 왜 이렇게 천남성이 많지?" 곳곳에 퍼져 있는 넓적하고 큰 천남성 잎사귀를 보며 누군가 말했다. "제주도에 사는 사람들은 선량해서 사약을 만들 필요가 없으니 천남성이 남아도는 것이지." 또 누군가가 대답한다. 옳든 그르든 참 멋진 대답이다. 나지막하면서 단정하게 묘를 둘러싼 산담 곁을 지난다. 비석도 없고 야트막한 봉분만이 여기 누군가 누워 있노라 알려줄 뿐이다. 봉분 둘레를 보호하듯 널찍하게 자리를 잡은 돌마다 푸른 이끼가 짙게 끼어 있다. '우리처럼 이렇게 산길을 걷고, 때로는 기뻤고, 때로는 힘들었을 그 누군가 여기에 누워 조용히 쉬고 있구나. 산속의 온갖 풀과 나무, 숲의 향기 속에서….'

한 시간 반가량 걸었을까. 드디어 오름의 이름을 짓는 데 공헌한 샘에 이르렀다. 거슨샘은 작은 웅덩이처럼 고요했다. 그 수면 위로 하얀 조각구름과 주변의 나뭇가지가 반영되어 또 하나의 풍경을 만들고 있다. 자연스럽게 우리는 발길을 멈추고 각자 준비해온 커피와 과일 등을 꺼냈다. 서로에게 먹여줄 듯 권하는 우리. 무엇을 더 바라겠는가.

집에 돌아와 휴대폰을 보니 우리 일행의 카톡방에 메시지가 가득 떠 있다. "어디 계세요?" "지금 김 교수님이 찾으러갔어요." "전화 통화가 안 되네요." 숲속에서 혼자 길을 잘못 들어 당황하고 있었을 때 우거진 숲 때문에 불통이 되었던 문자들이다. 문득 '내가 이렇게 존재감이 없구나' 생각하며 내심 서운해했던 것이 부끄러웠다. 숲에 발을 디디며 '자연은 우리의 영혼을 어루만지고 영감을 주는 원천이니 자연 속에서 진정한 자아를 발견하며 통찰을 얻으라'던 에머슨의 말을 떠올렸다. '결국 자기 자신에게 평화를 가져다주는 것은 자신뿐'이라던 그의 말에 가슴 깊이 공감했건만. 한순간 일행을 놓치고 서운한 마음이 들었던 내 모습이 보였다.

내 인생에 길을 잃었던 적은 언제였나. 그 길에서 빠져나올 수 있었던 건 또 누구의 도움 덕이었나. 참, 무심하게 잊고 살았던 것들을 생각하게 한 일이었다.

아름다운 청년, 임피제

이시돌목장에 온 것은 신혼여행 때였다. 그때 제주도라는 섬에 첫 발을 디뎠다. 한림 쪽 중산간 자락, 금악마을을 지나는 길에 이시돌 목장도 들렀다. 11월, 갈대가 바람의 방향대로 몸을 맡기고 쏠리는 모습이 제주 특유의 정취를 품어냈다. 목장의 낮은 돌담 앞으로 양 떼가 우르르 모여들었다. 낯선 방문객을 바라보던 양떼들은 우리가 움직이는 대로 고개를 천천히 따라 돌렸다. 그러고는 우리가 떠날 때까지 순한 눈빛으로 일제히 배웅해주던 모습이 기억으로 남았다.

그 후 어쩌다 목장의 아름다운 풍경이 떠오르긴 했어도 사느라 바빠서 특별히 올 기회가 없었다. 최근 들어 다시 찾은 것은 목장 입구에 있는 카페 때문이었다. 친구와 함께 들른 카페에서는 입구에서부터 갓 구워낸 빵의 고소한 냄새가 풍겨왔다. 버터 향의 빵냄새에 섞여 코에 스쳐오는 커피 향도 유혹적이었다. 오븐에서 막 나온 듯 따듯한 파이와 스콘의 맛이, 그리고 특별한 향의 커피는 감동을 주기에 충분했다. 그런데 그보다 더 내게 감동을 준 것이 있다. 한쪽 벽면에 걸려 있는 흑백 사진들이었다. 멀리 아이랜드의 젊은 사제가 제주에 와서 정착하게 된 경위를 설명해주는 사진이 순차적으로 벽에 걸려 있다. 1954년 25세 나이로 제주도 한림공소(부임 후 한림성당 건축)에 부임한 청년 사제. 수려한 용모가 영락없는 요즘 연예인 아이돌 모습이다. 도대체 무엇이 지구 반대편의 사제를 이곳 낯설고 척박한 섬으로 이끌었을까?

예이츠, C.S. 루이스 등 우리의 귀에 익은 세계적인 문호를 배출한 나라, 아일랜드에서 온 신부는 소박하고 청빈한 수의사의 아들이었다. 그는 고교 졸업 후 그의 가슴이 이끄는 곳인 성 골롬반 외방선교회에서 7년 동안 공부를 했고, 교회가 가라고 한 땅인 제주도로 왔다. 당시 4·3의 상처 속에서 숨죽이며 살던 제주 사람들의 삶은 여전히 비참하기 그지없었다. 굶어죽는 사람, 빚을 못 갚아 자살하는 사람들도 있었다.

젊은 사제는 그 상처와 가난을 함께 껴안고 살아갈 방법을 모색했다. 무엇이던 '안 됩니다'로 일관하던 제주 사람들과 섞이기 시작한 지 5년 후, 그는 젊은이들에게 현대식 영농교육을 했고 돼지 한 마리로 시작한 양돈사업을 현대화했다. 양돈사업을 확장하기 위해 넓은 대지가 필요했다. 젊은 신부는 밤 늦게 가족한테 땅 살 돈 보내라는 전화를 했다. 그 바람에 선교사로 나간 아들이 땅을 산다고 정신나갔다는 소리도 들었고, '외국의 미친놈이 돌밖에 없는 쓸데없는 땅을 산다'라는 소문도 나면서 여기저기서 자기 땅도 사가라는 제안도 많이 받았다. 5달러 10달러 등 자선단체의 도움도 받아 본래 의도와는 다르게 큰 목장이 세워지면서 돌무더기 황무지는 푸른 목장으로 자리를 잡아갔다. 목장 이름을 스페인의 성자 농부 '이시돌St. Isidol' 성인의 이름을 따서 성 이시돌목장이라고 명명했다. 이곳에서 사제는 가난과 절망 속에 빠진 주민들에게 돼지 양 소 말 등 가축을 사육하며 살 수 있다는 희망을 심어주었다. 여기서 얻은 이익은 모두 병원과 양로원 그리고 요양원, 호스피스병동, 유치원 등 사회에 환원했다.

그 무엇도 꿈꿀 수조차 없도록 가난한 도민들의 삶을 부둥켜안고, 더불어 살아갈 길을 개척하며 희망을 심어주던 모습과 숱한 풍파를 견디던 풋풋한 젊음의 모습. 풍상을 겪으면서 다져진 노년의 표정은 견고하고도 부드럽다.

돌무더기 허허벌판을 푸른 목장으로 만들어 사랑의 결실을 만들어낸 사람, 굳이 말하지 않아도 광활한 이시돌목장을 들러본 사람들은 이내 느낀다. 한 인간이 오로지 기도와 사랑으로 이루어낸 기적을. 그리고도 그는 무엇하나 소유하지 않았다. 아무것도 소유하지 않고도 가장 큰 것을 남기고 간 사람, 제주에서의 삶을 행복해했고 제주를 사무치게 사랑하며 그 사랑을 실천한 사람. 그를 스쳐간 모든 사람의 가슴속에 큰 사랑의 꽃을 피워낸 사람. 맥그린치Patric James McGlinchey(1928~2018), 한국명 임피제. 아름답고 가치 있는 삶을 끝낸 그는 이제 하나님의 품안에서 안식하고 있다.

와튼스쿨의 조직심리학 교수 애덤 그랜트Adam Grant는 사람을 기버giver, 테이커taker와 매쳐matcher로 분류했다. 내가 조금 희생하면 세상은 밝아진다고 믿으며 이타적으로 사는 기버, 매사에 준 것보다 더 많이 챙기려는 테이커, 받은 만큼 주고 준 만큼 받는 것이 공평한 세상이라고 믿는 매처. 얼핏 기버가 손해보는 세상일 듯싶지만 결국 최후의 승자는 기버라고 애덤 그랜트는 그의 책 『기브 앤 테이크Give & Take』에서 말했다.

오로지 기버giver로서 한 알의 밀알로 썩어 풍성한 열매를 만들어 남기고 간 신부님, 에덤 그랜트의 말처럼 그가 살아낸 삶이 지상에서 가장 숭고한 승자의 삶이 아닐까.

살다보면 괜스레 마음이 구겨지는 날이 있다. 그럴 때 나는 이곳에 들른다.

"아버지, 계속 부탁만 드리는 것 같아 죄송합니다. 하지만, 이곳 사람들의 자립을 돕기 위해 저는 아버지께 아직도 많이 의지하게 됩니다…" 신부님이 했던 기도를 읊조려본다. 이내 나의 하찮은 욕심과 이기심 때문에 불편했던 마음은 스르륵 사라지고, 마음은 평정을 찾는다.

큰 사랑을 남긴 사제는 이제 하늘의 품으로 돌아갔지만, 넓은 목장에는 여전히 봄이 오고 목장의 나지막한 나무 울타리 곁으로는 유채꽃이 화사하다. 그리고 저 멀리 말들은 조용히 어슬렁거리며 평화로운 풍경을 만들어낸다. 짙고 무성한 잎새들의 여름이 오고, 억새가 바람에 몸을 맡기고 날리는 가을을 지나 하얀 눈이 쌓인 겨울의 목장도 그가 남긴 사랑이 쌓인 듯 안온하다.

살면서 추구할 큰 가치는 사랑일진대, 한 신부의 이타적 사랑 앞에서 세상의 크고 작은 이기심을 내려놓게 하는 곳, 그래서 나는 친구들이 제주에 오면 꼭 함께 이곳을 찾는다. 향 좋은 커피와 함께 그가 남긴 사랑으로 가슴을 정화하기 위해서.

5%의 전략과 95%의 마인드 셋

네 쌍의 커플이 강원도 쪽으로 휴식 겸 골프를 치러간 적이 있다. 모두 8명이 두 팀으로 나뉘었다. 마침 진행이 늦어진 우리 여자팀 홀에 남자팀이 겹쳐오게 되었다. 하필이면 내가 티샷을 날려야 할 차례였다. 남편을 포함해 남자 네 명이 보고 있으니 실수는 하지 말아야 했다.

나는 온 정신을 집중해 공을 날렸다. 공은 힘차고 보기 좋게 날아가서 필드 가운데 안착했다. 순간 누군지 손뼉을 치며 "우와~ 누구 마누라가 저렇게 공을 잘 치나?" 의기양양한 목소리에 돌아보니 남편의 너스레였다. 사실 그 공은 '그날의 오직 잘 친 공'이었다.

잘 날아간 공 하나에 좋아하던 남편을 보며 정말로 공을 잘 쳐보고 싶기도 했으나, 많은 시간과 비용을 들여가며 끝없이 노력하기가 쉽지 않았다. 나는 또 포기를 하고 "나는 운동을 못하는 사람", 이렇게 언제부터인가 짜놓은 프레임에 다시금 자신을 집어넣어버렸다.

중고교 다닐 때부터 나는 체육 시간이 별로 즐겁지 않았다. 체육 시간에 하는 모든 운동이 나에게는 어렵기만 했다. 평균대 뛰어넘기, 배구, 달리기, 체조, 철봉대 매달리기 등 모든 운동이 다 그랬지만 특히나 100미터 달리기가 나에게는 넘을 수 없는 벽이었다.

건강하게 그을은 얼굴에 그다지 크지 않은 키, 탄탄한 몸매의 남자 체육 선생님은 100미터 달리기를 한 명씩 시키며 초침을 쟀는데 아무리 노력해도 나는 항상 반에서 거의 꼴등이었다. 마음을 단단히 먹고 '죽기 아니면 까무러치기'로 뛰어보자, 하고 뛰어도 매번 마찬가지였다. 지금도 가끔 그때 생각날 때면 아, 그때 나 같은 학생을 위해서 선생님이 달리기를 요령껏 하는 팁을 좀 주셨더라면 하는 아쉬움이 슬쩍 들기도 한다. 예를 들자면 다리만 그렇게 죽고 살기로 빨리 움직이는 것이 능사가 아니니 될 수 있으면 보폭을 크게 움직이라든지 하는 등의 조언 말이다.

그뿐만 아니라 수영도 마찬가지였다. 친구 다섯 명이 수영교습을 받았는데 끝내 나 혼자 낙오자가 되었다. 물공포증이 있는지 물속에만 들어가면 죽을 듯 무서웠다. 그것이 한이 되었는지 아직도 꿈을 꾸면 나는 푸른 바다를 유연하게 가르며 멋지게 수영하는 꿈을 꾸기도 한다.

이곳 제주에 사는 딸 둘은 가끔 골프를 치자고 나를 불러낸다. 서울과 달리 멀리 갈 필요 없이 승용차로 가까이는 10분에서 15분, 멀어야 30분, 아니면 아무리 멀어도 1시간이면 닿을 수 있는 골프장들이 여기저기 널려 있고 비용도 서울과 같지 않으니 이 기회를 맘껏 즐기자고 한다. 실제로 필드를 나가보면 완전히 딴 세상 같이만 느껴진다. 코스는 탁 트인 바다를 끼고 돌거나, 아니면 멀리서도 짙푸른 바다 풍경을 바라볼 수 있게 디자인되었다. 혹은 바다와 상관없는 한라산 가까이 위치해 있더라도 자연을 살려낸 골프장 풍광이 남달라서 항상 감탄하게 된다. 초록 융단을 깔아놓은 것처럼 잘 정돈된 필드와 간간이 피어 있는 작은 꽃들, 봄이면 하얀 색과 분홍색의 솜사탕처럼 흐드러지게 핀 벚꽃들…. 무릉도원이 따로 없다.

나와는 달리 딸들은 그런 주변 환경보다 주로 샷에 집중한다. 골똘히 생각하고 연구하며 공을 날려보낸다. 그렇게 날아간 공은 시원하고 거침없이 날아가서 보는 사람 마음도 통쾌하다. 그다음 내가 날려보낸 공은 딸들이 보낸 거리의 반 정도에 가서 주저앉는다. 거기다 서울 사는 막내딸이라도 내려와 함께 하는 날이면 세 딸이 신바람 나게 팡팡 날린 공들이 멋지기도 하지만 그 반도 안 되는 거리에 떨어진 내 공을 보면 기가 팍 죽기도 한다. '그래, 나는 운동이란 것을 못하는 사람인걸. 할 수 없지….'

어느 날 큰 사위가 여름휴가 차 제주로 내려왔다. 가만히 앉아만 있어도 땀이 줄줄 흐르는 무덥고 찐득한 8월에 골프라운딩을 하잔다. 잘 치지도 못하는 공을 뜨거운 여름 햇살을 받아가며 치고 싶지 않았지만, 엄마와 함께 치고 싶다는 딸애의 말이 고맙기도 해서 함께했다.

첫 번째 홀 나가기 전 연습 샷을 해보는 내 폼을 바라보던 사위가 "어머니, 지금 어깨와 팔 움직임이 좋으니 그대로만 하시면 되겠어요" 했다. 아무것도 아닌 간단한 한마디에 왠지 자신감이 붙었다. 또 샷을 날리려고 자세를 가다듬을 때도 가만히 보더니 조언을 했다. "어머니 그냥 자신 있게 힘껏 내려치세요. 왼쪽 다리만 딱 고정하시고요." 그대로 힘껏 내리쳤던 공이 멀리 시원하게도 날아가주었다. 기분이 그렇게 좋을 수가 없었다. 사위는 드라이버 샷만이 아니라 유틸, 7번, 어프로치, 샌드 등을 사용할 때의 요령 등 각 클럽을 사용할 때마다 알려주었다. 많이도 아니고 세밀히 보다가 내 약점을 보완해주는 딱 한끝이었다. 그렇게 하니 모든 공들이 대체로 수월하게 맞았다. 한여름 땡볕이 뜨거운 줄 모르게 재미가 났다. 그 이튿날도 또 역시 잘 맞았다.

사위가 휴가를 끝내고 서울로 간 뒤, 큰딸애가 감을 잊어버리기 전에 퍼블릭홀에 가서 연습하자고 했다. 제법 잘 치는 나를 보고 딸이 흐뭇한 얼굴로 "엄마, 류 서방한테 고마워해야겠다" 하며 웃었다. 나도 공이 잘 맞아 기분이 좋던 차에 사위에게 카톡 문자를 보냈다. 이 시간 이 일 저 일로 바쁠 사위 사정은 고려해 보지도 않고 보낸 문자에 사위는 즉시 즉시 답을 보내주었다.

"류 서방, 가르쳐준 대로 했더니 공이 잘 맞네. 내가 코치 하나는 그런대로 잘 만난 것 같아."

"어머니, 칭찬에 그렇게 박하시면 어떻게 해요. 최고의 코치지요."

"글쎄, 그런가? 코치도 좋지만 아무래도 내가 청출어람인 것 같아."

"아무튼 어머님이 골프가 재미있으시다니 저도 너무 좋네요."

사위와 주고받은 카톡 문자다.

그렇다고 골프 실력이 하루아침에 향상되었던 것은 아니었고, 달라진 것이 있다면 마음의 자세라는 생각이 들었다. 해저드 앞에서 미리 주눅들어 공을 날리면 영락없이 공이 해저드에 빠져버리고, 자신 있게 내리치면 수월하게 내 실력 이상의 능력을 발휘했듯이 마음의 상태가 어느 정도 좌우하지 않았을까.

골프라는 게 꾸준한 연습 없이는 절대 하루아침에 잘할 수 있는 운동이 아니다. 잘하다가도 조금만 게으르면 또다시 엉망이 되어버리고 마는 운동이기는 해도 한 가지 얻은 것은 있다. '나는 운동 못하는 사람'이라는 잠재의식 속에 새겨진 생각 패턴을 이번에 바꾸기로 했다.

일의 성공은 5%의 전략과 95%의 마인드 셋으로 이루어진다고 하지 않았던가. 아마도 나는 어렸을 적의 작은 기억을 머릿속에 넣은 채 '나는 할 수 없다'는 사고의 틀 속에서 지레 위축되었나보다. 그건 비단 골프뿐 아니라 세상 모든 일에 해당하는 이치일지도 모른다.

인어공주보다 더 아름다운 '해녀 삼촌'

제주 서북쪽 판포리 앞바다에 도착했다. 운 좋게도 해녀들과 만나고 작업장도 구경할 기회를 얻었기 때문이다. 바닷가 공터에 잠시 서 있으니, 물질을 마친 해녀들이 검은 해녀복을 입고 하나둘씩 바다로부터 걸어나온다. 6,7월에 한창인 성게 채취를 하고 나온 것이다.

각자 힘겹게 메고 온 망사리를 바닥에 풀어놓으니 채취한 성게가 바닥에 수북이 쌓인다. 간혹 성게와 함께 딸려온 불가사리도 꿈틀거린다. 성게를 바라보는 해녀들의 얼굴에 희미하나마 잠시 만족한 웃음이 번진다. 제주의 센 바람에 날아갈 것같이 작고 마른 할머니 해녀의 보따리는 작아서 바라보기가 민망하다. 얼핏 보기에도 좀 쉬어야 할 분이 무슨 사연으로 물질을 나오셨을까. 안쓰러운 마음이 든다.

그런가 하면 83세 삼촌(나이든 어른을 남녀 구분 없이 삼촌이라

부른다)은 물질을 10미터 이상의 깊이까지도 내려간다고 했다. 깊이 내려가 얻은 채취물일수록 상품 가치가 더 높아지므로 물질이 숙달될수록 더 깊이 들어간다. 수심 20미터까지 들어가 2분 이상 잠수를 할 수 있을 때 가장 높은 '상군' 칭호를 얻는다고 한다. 주변 해녀들의 그분에 대한 존경의 눈빛으로 보아 아마도 상군 칭호를 얻었을 듯싶다. 삼촌은 물질 후에는 수압 때문에 골치가 아파 꼭 약을 먹어야만 한다는 말을 남의 일처럼 대수롭지 않게 했다. 상상했던 애기 해녀(나이 어린 해녀를 부르는 칭호)는 없고 대부분은 60대, 70대의 해녀들이다.

해녀들은 간단한 샤워로 짠 바닷물을 씻어낸 후 티셔츠와 반바지로 갈아입고 공들여 따온 성게를 커다란 플라스틱 바구니에 담아 들고 작업장으로 모인다. 출출한 배를 간단한 군것질로 채운 후 테왁을 깔고 앉아 말없이 성게 손질을 시작한다. 작업을 시작한 그녀들의 모습이 진지하다. 마치 삶을 한시도 허투루 살면 안 된다는 것처럼. 나도 최근 해녀학교를 졸업했다는, 만만하게 보이는 새내기 해녀 옆으로 가서 테왁을 깔고 앉아 어설픈 손놀림으로 성게 까기를 도왔다.

고슴도치 가시처럼 날카로운 성게를 집게 모양의 도구로 가운데를 누른 후 둘로 가르면 황금빛 성게알이 나온다. 다른 내장과 섞이지 않게 노란 성게알을 얇은 찻숟가락으로 꺼내는 새내기 해녀의 손끝을 바라보는데, 신선하고도 상큼한 성게의 향에 침이 저절로 넘어간다. 눈치를 챈 새내기 해녀가 성게알을 먹어보라고 건넸다. 성게의 맛은 상큼 짭조름하면서도 고소하고 독특해서 왜 성게알이 최상의 고급 음식 반열에 오를 수 있었는지를 느끼게 해주었다. 하지만 두 번 다시 시식은 안 한다. 새내기 해녀가 아무리 더 먹어보라고 권해도 말이다. 어려운 작업 끝에 나오는 성게의 알이 너무나 소량이라 마치 사금 채취 끝에 얻은 금가루같이 느껴졌기 때문이다

비닐로 마무리한 간이작업장의 여름 한낮 온도는 목욕탕 사우나 안처럼 높이 올라갔다. 가끔 불어오는 시원한 바닷바람도 이곳에선 별 도움이 되지 않는다. 땀은 줄줄 흐르고 머리까지 띵 해온다. 슬쩍 일어나 다른 해녀들을 살펴봤다. 역시 삼촌 해녀는 급이 다르다. 옆으로 눈길조차 주지 않고 말없이 손놀림을 맵게 한 탓인지 벌써 까놓은 성게알이 그릇 가득하다. 여기야말로 숙련도가 정확히 드러나는 곳이다. 새내기 해녀 옆에서 작은 도움이라도 될까 했건만 도저히 견딜 수 없어 세 시간을 넘기지 못하고 그만 퇴장하고 말았다.

집에 오는 내내, 또 집에 와서도 계속 바닷속에서 차례로 나오던 해녀들의 얼굴이 떠올랐다. 83세의 나이에도 바닷속 깊이 들어가 숨을 참아가며 성게며 전복을 채취한 삼촌의 주름진 얼굴, 그리고 쭈그리고 앉아 신성한 의식을 치르듯 말없이 성게알을 손질하던 모습들, 비교적 젊은 축에 속하는 해녀 학교 출신의 씩씩한 새내기 해녀들. 바닷속에 들어가 숨을 참아가며 해산물을 채취하는 고된 물질에, 거친 바닷바람에 햇빛에, 얼굴은 그을렸어도 고달픈 기색을

보이지 않고 밝던 얼굴들이 계속 머릿속에 남았다.

예전에 이곳 제주에서는 밥이라도 먹을 수 있으면 해녀만은 하지 말라고 말렸다고 한다. 너무 고달픈 일이기 때문이다. 생활이 나아진 근래에 들어서는 해녀 수가 많이 줄었으나 2016년 12월 제주도 해녀가 유네스코 인류무형문화유산으로 지정되면서 국가의 지원과 함께 약 4,000명 정도로 증가했다고 한다. 또한 국가 무형문화재 제132호로 지정되면서 해녀학교를 만들어 양성하고 있으니 열악한 환경에서는 좀 벗어났다고 할 수 있겠다.

그러나 아직도 물질하다가 목숨을 잃는 경우도 종종 있다고 한다. 눈앞의 커다란 전복을 보고는 포기를 못해 숨을 극한상황까지 참다가 그만 목숨을 잃는 경우이다. 해녀학교에서는 그런 어리석음과 욕심을 경계하도록 가르치지만, 손만 뻗으면 따올 수 있는 눈앞의 왕 전복을 포기 못하는 건 순간의 어리석음이었을까.

우리나라의 해녀를 소개하는 책자 중에는 해녀를 매우 낭만적으로 묘사해놓은 것이 많다. 책을 보면 마치 바닷속을 헤엄쳐 들어가 힘들이지 않고 전복이라도 몇 개 뚝딱 따서 나오는 인어공주쯤으로 상상이 된다. 해녀의 존재는 19세기 한국을 방문한 서구인들을 통해 이미 알려졌다. 그 당시 해녀들은 변변한 물옷도 없이 바닷속에 들어갔던 모양이다. 그 모습을 보고 '나체로 자유롭게 바다를 가르는 여인들'이라는 과장되고 잘못된 표현으로 소개가 되었다고 한다. 아마도 이 때문에 환상의 인어 모티브의 해녀가 생겨나지 않았을까.

몇 년 전 제주에 온 둘째사위가 해녀를 보고 싶다고 했다. 중국인 사위는 아주 낭만적인 해녀를 연상했었나보다. 나도 가까이서 해녀를 본 적이 없어서 궁금하긴 매한가지였다. 온 식구가 제주도 동쪽, 성산에 있는 전복죽집을 일부러 찾았다. 마을 해녀들이 공동으로 운영하는 집이었다. 넓은 음식점은 별 장식도 없이 휑했으나 아침에 잡은 것으로 만들었다는 신선한 전복죽과 소라 등이 푸짐했다. 초로는 넘겼겠다 싶은 해녀들이 손님을 맞았는데 모두가 씩씩하고 거침이 없었다. 중국인 사위가 상상했던 아름다운 해녀, 인어공주는 어디에도 없었다. 그들의 얼굴은 연륜을 자랑이라도 하듯 주름이 깊었다. 그 모습에서 힘든 삶을 헤쳐온 이력이 절로 그려졌다. 그들이 바다를 가르며 전복을 따다니. 아무리 상상해도 우아함과 아름다움과는 거리가 멀었다. 고백하자면 우리는 그날 각자 조금씩 실망했다. 우리가 순수했던 건지 아니면 철이 없었던 건지. 하긴 당시는 '제주도'와 '해녀'라는 단어만으로도 충분히 가슴이 설레고 기대가 컸던 때였으니.

판포 바닷가에서 비로소 그들의 현실을 깨달았다. 바다는 그들의 치열한 삶의 현장이고, 해녀 일은 고달프면서도 그들이 자부심을 품는 신성한 직업이었다. 비록 얼굴은 검게 그을고 주름이 깊어 속세의 아름다움과 거리가 있을지언정 그네들의 삶은 인어공주보다 더 아름다웠다.

방하착放下着

칠십리공원을 걸었다. 칠십리공원은 서귀포시 6번 올레길 주변에 이곳 주민들을 위해 만들어진 근린공원이다. 서귀포항구가 바라다보이고, 사진을 찍으면 항구 아래 세워진 세연교가 그림엽서처럼 나오는 곳이다. 넓게 터를 잡은 잔디 파크볼장에는 대회에 열중한 시니어 주민들의 모습이 활기 넘친다. 2월 중순, 바람은 쌀쌀해도 볼에 와닿는 서귀포의 햇살은 따사롭다.

일행들과 즐거운 수다를 하며 걷는 중 바람에 실려온 그윽한 향기가 코를 스친다. 앞을 바라보니 매화 나무밭이 넓게 펼쳐 있다. 화사하게 핀 하얀 매화가 아직 봄이라기에는 이른 들판을 그윽한 향으로 채워주고 있다. 우리는 환호하며 꽃을 배경으로 이리저리 카메라에 풍경을 담기에 바빴다. 저 멀리 보이는 한라산 꼭대기에는 아직도 채 녹지 않은 눈이 덮여 있다. 매화꽃과 어우러진 눈 덮인 한라산 풍경이 그림 같다.

하나님의 자연 작품에 취해 있는데 "한라산 철쭉제 가보셨어요?" 하고 후배가 물었다. "기가 막히게 아름다워요. 한번 가보셔야 해요." 그녀의 말에 철쭉꽃축제를 못 보면 인생에서 큰 걸 놓치는 게 아닐까, 하는 생각이 들었다. 머릿속에는 벌써 언젠가 화보에서 보았던 한라산 백록담 밑의 철쭉꽃 군락이 어른거렸다. 진분홍 화려한 색으로 산자락을 감싸고 있던 환상의 꽃무리가.

집에 돌아오기가 무섭게 큰딸에게 전화했다. 철쭉을 같이 보러가고 싶다고 했다. 딸은 자초지종 설명도 없이 대뜸 철쭉꽃축제에 꼭 가야겠다는 내 말에, "엄마 실력에 어려울걸요"라는 짤막한 말로 대답한다. 잠시 실망은 됐지만 금방, '안 되면 말지' 하고 또 언제 그랬냐는 듯 쉽게 마음을 내려놓는다.

방하착放下着. 요즘 내가 좋아하는 단어이다. 무엇에도 연연하지 않으며 마음 상하지 않는 비결, 안달하지 않고 내려놓음으로써 마음의 평화를 얻는 법 말이다. 살아보니 인생에 연연하고 집착할 만한 것이 없더라는 깨달음 덕이다. 또한 안 되는 것에 마음쏟기보다 내 앞에 쉽게 펼쳐지는 길만 즐기기에도 시간이 모자랄 것 같다는 생각이 들기도 해서다. 인생 등산이라도 할 것처럼 화려하게 상상했던 철쭉꽃 구경의 장대한 계획을 머릿속에서 맥없이 내려놓고 '언제 기회가 되면 가고, 아니면 말고' 하며 마음을 내려놓는데 딸에게서 전화가 왔다. "엄마, 한라산 철쭉이 꼭 보고 싶으시면 운동 좀 더 하셔야 해요. 아직 철쭉제가 몇 달 남았으니 그동안 나하고 '저지

오름'이라도 아침에 한 바퀴씩 돌기로 해요. 기초체력을 쌓아야지요." 딸의 제안대로 이른 아침에 딸과 함께 오름 둘레를 한 바퀴씩 걸었다. 도란도란 얘기하며 걷는 아침 산책에 몸과 마음에 맑은 물기가 차오르는 것 같았다.

큰딸은 자기 아버지의 자상한 유전인자를 물려받았는지 세심하게 신경을 쓴다. 딸만 셋인 우리 집에서 맏이의 역할을 야무지게 한다. 손녀의 학교 때문에 이곳에 와 있지만 손녀가 대학에 진학하게 되면 서울로 가게 된다. 나는 가끔 딸이 서울로 가버리면 허전해서 어쩌나 앞당겨 걱정하고 있다. 요즘 들어 부쩍 딸들의 어렸을 적 모습을 떠올리며 '품안의 자식이라더니…' 이제는 완전히 품을 떠난 자식들에게 대견함과 허전함을 함께 느끼기도 한다. 문득 어린 딸들과 둘러앉아 밥을 먹던 어느 날 식탁 풍경이 떠오른다. 오래 전 일이건만 아직도 선명하다.

30대의 젊은 엄마는 매사에 서툴렀다. 도우미아주머니가 없는 날엔 올망졸망한 세 아이를 먹이고 입히고 돌보느라 정신을 못 차렸다. 어느 날 세 아이 밥을 먹이는 중 큰 애가 정성껏 끓인 고기국에 후추를 쏟는 것을 보고는 매사에 왜 그렇게 조심성이 없냐고 한바탕 야단을 쳤다. 그리곤 막내 밥 먹이느라 곧 큰애 일은 잊어버렸다. 아니 잊어버렸다기보다 대수롭지 않게 생각했던 것 같다.

몇 해가 지난 어느 날 큰딸이 말했다. "엄마, 내가 어렸을 적 후추

쏟았던 거 기억나세요? 실수로 많이 쏟아부었는데 엄마가 무서워서 그걸 그냥 다 먹었어요. 너무 매웠는데." 어린 마음에 상처가 되었던 모양이다. 그 말을 들은 이후 그 일은 나에게도 선명한 기억으로 가슴에 남았다. 도대체 어리디어린 일곱 살 아이에게 왜 그랬을까. 큰아이로 태어났다는 이유 하나로 항상 나이보다 어른스러움을 요구받았던 딸이다. 노년의 나이에 이르렀어도 나는 후추통을 볼 때마다 찔끔한다. 어린 딸에게 한 행동이 찔리고 부끄러워서. 또 아이들을 잘 키워야 한다는 무거운 책임감에 눌려 느긋하고 여유로운 사랑을 주지 못한 게 한없이 미안하기만 해서. 미숙했던 엄마는 가장 신경을 쏟았던 큰애를 가장 서투르게 키웠다.

성년이 된 딸의 데이트에도 일일이 간섭했다. 막상 혼기가 다가오자 슬슬 마음이 바빠졌던 즈음, 딸이 진득하게 만나는 사람이 생긴 듯했다. 얘기를 들어보니 마음에 와닿았다. 책임감 있고 진중한 청년인 듯 느껴졌고, 부끄러운 고백이지만 세속적인 잣대로도 좋았다. 딸의 배우자로 혼자 낙점했으나 신중하고 차분한 그는 사랑 표현에도 느긋하기만 했다. 이번에는 애꿎은 딸을 붙들고 그 청년은 왜 프러포즈를 안 하느냐고 성화를 해댔다. 딸을 내 품에서 영영 떠나보내는 것인데 무얼 그렇게 서둘렀을까. 그랬던 내가 이제 딸과 떨어지는 걸 서운해하고 있다니.

어느 주말, 사위가 제주에 내려와 같이 식사하는 자리다. 사위는 요즘 흔히들 표현하는 '딸바보'이다. 밥 먹는 자리에서 다 큰딸에게 생선 가시까지 발라 입에 넣어주고 있다. 오랜만에 처자식과 함께 있는 시간이 더할 나위 없이 행복한 듯 보였다. 그 옛날 프러포즈가 늦어 나를 답답하게 만들었던 주인공이다. 중년의 여유로운 남편과 어느덧 중년을 앞둔 아내가 된 딸이 만든 보금자리는 단란하고 행복한 기운이 폴폴 넘친다. 요즘같이 이혼율이 높은 세상에 서로를 '소중한 파트너'로 존중하며 사는 사위와 딸이 고맙기만 하다. 결혼 초에는 가끔 티격태격도 해서 신경쓰이기도 했지만 이제 그런 모습도 보이지 않는다. 떨어져 사는 탓에 사랑한다는 이유로 가까이서 서로를 찌르는 고슴도치 식의 사랑이 저절로 해결되어서일까. '사랑을 지켜가는 아름다운 간격'을 터득해서일까. 딸 내외가 만든 둥지가 잘 가꾸어진 꽃밭 같다.

이제 무엇을 더 바라겠는가. 그래, 방하착放下着이다. 철쭉꽃축제쯤이야 '언제 기회가 되면 가고, 아니면 말고'

훔친 낭만

두 딸과 점심을 함께했다. 모두 가까이 살고 있기에 시간이 되면 아무 때나 모여 먹기도 하지만 오늘은 맘먹고 내가 초대했다. 옆에 사는 둘째딸과 30분 거리에 사는 큰딸은 엄마가 무엇을 만들어줄 것인지 궁금도 하고 기대도 되는 눈치다. 요즘 TV 요리 시간에 봐 두었던 시래기고등어조림과 고기와 채소를 적당히 혼합해 만든 음식으로 식탁은 그럴싸해졌다. 탄수화물은 줄이고 적당량의 단백질과 신선한 채소가 주로 된 건강식이었다. 그리곤 딸들에게 이렇게 건강한 음식을 만들어 먹어야 한다는 잔소리도 잊지 않았다. 옛날 친정어머님이 내게 하셨던 것처럼.

딸이 가져온 맛있는 후식까지 만족스럽게 챙겨먹은 우리는 슬슬 뒷산을 걷기로 했다. 완만하게 경사진 산길을 따라오르자 시원하게 트인 초지가 나온다. 야트막한 구릉처럼 생긴 초원을 조금 더 오르다보니 사방이 트여 시원한 360도 전망의 풍광이 펼쳐진다. 보이는 것마다 11월 늦가을 정취를 한껏 품어내고 있다.

동북쪽으로는 멀리 한라산이, 남쪽으로는 먼바다와 산 아랫마을 그리고 여기저기 널려있는 귤밭이, 서쪽으로는 이미 푸르름은 지나고 누렇게 퇴색한 골프장 잔디가 멀리까지 펼쳐졌다. 거기서 방향을 조금 남쪽으로 틀면 그 아래로 산방산과 함께 멀리 서쪽 바다가 가을 햇살에 반짝인다. 군데군데 무리지은 억새는 불어오는 바람에 고개를 모두 한 방향으로 틀고는 은빛으로 흔들린다. 곳곳에는 마른 건초더미들이 보인다. 늦가을 바람의 향기라 해야 하나. 구릉으로 불어오는 바람에서는 마른 건초 향과 마른 들국화 향이 실려온다. 늦은 가을의 냄새와 풍경에 한껏 기분이 들뜬다.

우리는 사방으로 트인 구릉 정상을 지나 삼나무가 빽빽한 숲을 끼고 아랫마을로 향한다. 이제 마을을 지나 집으로 거슬러올라갈 참이다. 마을이라고는 하지만 집은 어쩌다 한두 채씩 있을 뿐 온통 귤밭이다. 나무마다 귤은 가지가 휘어지도록 탐스럽다. 11월도 중순이 지났으니 웬만하면 귤 수확을 마쳤을 시기인데 일손이 모자랐던 것일까. 아니면 나무에서 숙성된 귤이 더 달다고 해서 일부러 수확을 늦추었을까.

주렁주렁 매달려 있는 귤의 유혹은 보통이 아니다. 점심을 그득하게 먹었지만 벌써 한 시간 넘게 산책을 한 끝이라 목도 몹시 말라온다. "얘들아, 우리 저거 하나씩 따먹어도 될까?" 그리곤 검은 돌담 밖으로 가지가 휘어져 내려온 귤을 가리키며 "이 귤은 이미 담 밖으로 나왔으니 따먹어도 죄가 안 될 것 같아" 하며 귤서리를 하자고 부추겼다. 갈증이 가시게 딱 한 개씩만. 둘째딸은 내 말을 못 들었는지 서둘러 집 쪽으로 향해 사라져버렸다. 큰딸과 나는 일단 돌담 옆의 귤을 땄다. 껍질을 벗겨 한 입 베어무니 신선한 과즙이 넘친다. 나무에서 잘 숙성되었는지 적당히 새콤하고 달콤하다. 이제껏 이렇게 맛있는 귤을 처음 맛본 듯싶다. 요즘 귤농사는 돈이 안 된다고 좀 더 수익성 있는 과일재배가 한창이다. 탱자나무에 접붙이기로 갖가지 맛과 향의 과일을 만들어내는데 그 이름도 다양하다. 황금향, 레드향, 천혜향으로 시작해 카라향, 한라봉 등등. 모두가 맛과 향에 조금씩 차이가 있고 값도 다소 비싼 편이다. 그런데 나무에서 숙성된 이 귤은 맛이 그 어느 것에도 뒤지지 않는다.

견물생심이란 말은 꼭 값이 나가는 큰 물건에만 해당하는 것이 아닌가보다. 신선하고 맛있는 귤을 앞에 놓고 딱 한 개만 먹겠다는 생각을 잠시 잊었다. 몇 개씩을 먹고 나서야 비로소 귤밭 저 안쪽의 농가 한 채가 보인다. 누가 먼저랄 것도 없이 큰애와 나는 농가로 발걸음을 옮겼다. 깔끔하게 정리된 농가주택 앞에서 주인을 찾았다. 한참을 불러도 아무런 대꾸가 없다. 맛있는 귤을 허락없이 먹었다는 용서도 구할 겸 귤도 좀 사가려던 계획을 접고 집으로 걸음을 옮긴다.

"너 왜 그렇게 급히 가버린 거야?" 먼저 집에 와 있던 둘째에게 물어보았다. "나도 귤이 먹고 싶기는 했지만, 그러다가 동네에서 창피

당할까봐 겁나서 그냥 왔어요." 나 또한 떳떳한 마음은 아니다. 분명 주인 없는 곳에서 귤을 따먹었으니 잘못된 것은 틀림없다. 그런데 왜 나는 별로 죄의식을 느끼지 못하는 것일까. 나는 글이나 드라마를 보면서 누려보고 싶었던 시골의 낭만을 맛본 기분이다. 낭만을 훔쳤다고나 할까?

별이 무수히 쏟아지는 여름날 밤, 평상에 둘러앉아 갓 쪄낸 뜨거운 옥수수를 까먹으며 수박을 나누어 먹고 어린아이는 옆에서 잠드는 밤, 옆집 밭의 참외서리조차 낭만으로 여겨지는 향수와 정서를 꼭 한번 누려보고 싶었다. 그래서 그날 남의 귤밭에서 따먹은 귤서리를 여름밤의 참외서리처럼 스스로 낭만적 도둑이라고 생각하고 싶었던 걸까.

명품의 완성

초등학교 동기 4명이 제주도로 모였다. 그중 미국 LA에서 온 친구는 코로나 때문에 비행기표 예매와 취소를 몇 차례 반복하던 끝에 어렵게 고국을 찾았다. 나머지 두 친구 또한 코로나로 만나지 못하다가 미국에서 온 친구맞이 겸 이리로 함께 모인 것이다. 자주 만나지는 못했어도 반백년 넘게 친구로 살아온 우리는 만나자마자 단숨에 세월을 거슬러 우리가 다니던 혜화초등학교 시절로 돌아갔다.

어린 시절 살던 명륜동 골목길에서 고무줄놀이하며 뛰놀던 이야기부터 시작해 한때 우리 가슴을 설레게 했던 프랑스 미남 배우의 최근 소식에 이르며 인생무상을 얘기하기도 했다. 또 마크롱의 연상 와이프에 이어 우크라이나전쟁에 이르기까지 세계를 종횡무진으로 한 바퀴 돌았다. 그러고는 이제 또 얼굴에 생긴 노인성 반점 지우기가 시작되었다. 아뿔싸, 이러다가는 제주 섬 구경은 시작도 못한 채로 여행이 끝나버릴 것 같았다. 제주에 사는 나는 보여주고 싶은 곳이 많아 안달하기 시작했다. 바닷가를 돌며 남은 얘기를 하자며 일단 친구들을 이끌고 나왔다.

친구들을 8번 올레길로 안내했다. 집에서 가깝기도 하고 또 제주 오는 사람이면 누구나 한번쯤 들러보는 주상절리도 보여주고 싶었다. 친구들이 바닷가에 서서 석양을 카메라에 담으며 감탄하니 내가 더 좋았다. 마치 제주도가 내 섬이기라도 한 것처럼.

둘째 날은 송악산 둘레길을 걷고 판포마을로 갈 계획을 세웠다. 언젠가 지나가다가 본 일몰 풍경이 몹시도 아름답던 기억이 나서였다. 그곳에서 바다와 하늘을 온통 빨갛게 물들이다가 순식간에 바다로 쏙 자취를 감춰버리는 석양을 구경할 요량이었다. 트레킹을 끝내고 섬의 서쪽 끝 판포마을로 가는 길은 제주 섬의 서남쪽 끝에서 서북쪽까지의 이동이다. 꽤 먼 거리이다. 달리면서 차창 밖을 보니 마늘밭이 넓게 펼쳐져 있다. 아직 채 영글지도 않은 마늘밭에서는 마늘 향이 바람에 실려오는 듯싶었다. 밭의 풍경 또한 마늘 향처럼 알싸하고 신선했다. 지나다 보니 또 하얀 밭이 보인다. 달밤에 보면 소금을 뿌려놓은 것 같다고 했던 메밀밭이었다. 늦은 오후의 햇빛을 받은 메밀밭은 함초롬하고 신선했다.

산과 바다가 풍경의 주를 이룬 이곳에서 밭은 제주 섬의 심미성과 실용성까지 완성해주고 있다. 마늘밭, 감자밭, 메밀밭을 지나 농촌마을이 보인다. 그런데 그 신선한 밭 풍경과 달리 아무렇게나 지어진 집들이 모여 있는 마을은 볼품이 없었다. 어린 시절 농촌마을을을 떠올리며 그렸던 푸근하고 정겨운 풍경이 아니다. 그러려니 하기에는 너무나도 정돈되지 않은 모습이다. 힘석으로 올려진 시붕 끝은 녹슬고 창고 뒤꼍에 아무렇게나 널려 있는 농기구들은 정돈이 안 되어 너저분하다. 게다가 아직 채 치우지 못한 쓰레기, 폐기물 옆에는 귤을 수확해 나르던 노란 색, 주황색의 커다란 플라스틱 바구니들도 함께 널려 있다. 빼어난 풍광으로 아름다운 섬에 어울리지 않는 허술한 집과 쓰레기들이 경관을 훼손시키고 있다. 마치 모든 걸 다 갖춘 미인이 자기 관리를 못해 너저분한 모습을 내보이는 것 같아 안타까운 생각이 들었다.

언젠가 독일의 작은 시골 마을들을 여행할 때 어디를 가나 보이던 소박하고 깨끗했던 농촌집들이 떠올랐다. 주변 풍경과 어울리는 작고 아름다운 집들, 아기자기한 기념품 가게들. 집들도 올망졸망한 가게들도 한데 어울려 경관을 완성하는 것 일진대…. 혼자 마음속으로 생각하고 있는데 옆자리에 앉아 있던 친구가 마치 내 마음을 들여다보기라도 한 듯 말을 한다. "우리나라는 아직 관광대국이 되기에는 좀 부족한 것 같아." 그러면서 일본에서 기차여행을 하다가 보았던 시골마을의 철길 옆 작고 정갈한 집들, 아무도 돌아보지 않는 뒤꼍까지도 구석구석 깨끗하게 정리되어 있었다는 집들을 칭찬하며 비교했다. 그녀 또한 아쉽고 속상해서 한 말일 것이다.

관광산업이란 있는 것을 그대로 보여주고 돈을 버는 산업이다. 제품을 만들어 수출해 돈을 버는 산업과 달리 원자재 값이 안 들어가니 부가가치가 높은 효자산업이다. 세계 모든 국가가 관광산업에 열을 올리는 이유이기도 하다. 우리나라도 한때는 한국전쟁 후의 폐허 속에서도 세계에서 하나뿐인 이념의 첨예한 대립의 상징인 판문점이 많은 관광달러를 벌어들였다. 또 전쟁 후의 폐허 속 피폐한 도시를 구경하기 위해 외국 관광객은 한국을 방문했고 우리는 있는 모습 그대로를 보여주며 달러를 벌었다.

그러나 지금은 그때 상황과는 다르다. 한국의 위상은 세계의 상위권으로 드높아졌고 세계 7대 자연경관을 자랑하는 제주 섬의 아름다움은 어디에 내놓아도 완벽하고 손색이 없다. 섬 가운데 우뚝 솟아 묵직한 위용을 자랑하는 한라산과 백록담도 아름답지만, 산을 중심으로 펼쳐져 있는 둘레길과 자연휴양림, 숲길, 그리고 약 360여 개나 되는 오름들이 저마다 특색 있고 아기자기한 모습들을 연출한다. 곳곳에 숨어 있는 비경은 말할 것도 없다. 이렇게 완벽한 하드웨어를 갖춘 제주도가 우리가 조절하고 꾸며낼 수 있는 소프트웨어 쪽으로는 개선해야 할 부분이 많아 보인다.

프랑스 파리에서는 집을 짓거나 개조할 때 파리시청의 허가를 받는다. 잔잔하고 아름다운 파리 시가지의 아름다움을 훼손하지 않기 위해서라고 한다. 언젠가 지인과 제주도 마을 길을 차로 지나가던 때이다. 마구잡이로 지어진 집을 바라보며 나는 우리나라도 집을 지을 때 엄격한 심사 기준을 두어 주변과 어울리는 집을 짓도록 허가제를 도입했으면 좋겠다고 했다. 물론 이곳에도 집 건축에는 지역마다 매우 까다로운 규제가 있기는 하다. 그와 함께 주변 경관과 어울리는 집 건축을 유도하는 심미적인 기준의 규제가 마련되면 좋겠다는 말도 했다. 지인은 그러면 민주국가에서 집도 내 마음대로 못 짓게 한다고 얼마나 반발이 크겠느냐고 했다. 그러나 공공을 위한 제도적인 통제하에서 주변과 어울리는 집을 짓고 마을이 아름답게 형성되면 그 마을 안의 내 집의 가치도 당연히 높아질 것이다. 마을의 '브랜드화'하고도 연결된다. 결과는 누구에게도 좋을 것이다. 모두에게 이익이 되며 나에게도 이익이 되는 방안을 연구하고 실행하는 것이 민주주의 아니겠는가.

세계 문화유산의 섬, 세계 7대 경관으로 선정된 아름다운 섬이 좀 더 신경써야 할 부분이다. 세계문화유산의 섬이라는 타이틀을 유지하기 위해 4년마다 재심사를 거치는 관문은 철저한 관리로 수월하게 통과하면서도 작은 부분, 아니 중요한 부분이 허술하게 지나쳐 가고 있는 것은 아닌지 모르겠다.

제주에는 안도 다다오나 이타미 준 등 세계적인 건축가가 설계한 미술관, 호텔, 교회 등 건축학적으로 뛰어난 건물들이 곳곳에서 예술성을 자랑하고 있기는 하다. 그러나 굳이 그런 유명 건축가가 아니어도 좋다. 중요한 것은 어느 마을이나 그 마을의 지형과 경관에 어울리는 집들이 지어져야 한다는 것이다.

가장 유니크한 제주다운 집들이 어우러진다면 좋겠다. 명품은 디테일의 완성과 고유성에 있다고 하지 않는가. 많은 관광객을 매혹하고 유인하는 산토리니 언덕 위의 집들이 특별한 건축물이어서가 아니다. 그쪽 바다와 지형과 색채가 어울려 최상으로 연출된 집들이 그곳을 한 폭의 그림으로 완성시킨 것이 아니겠는가.

제3장
사계의 그 집

시련이 빚은 향기, 추사 김정희

제주도 서남쪽 모슬포, 산방산 가까이에 추사秋史 김정희金正喜(1786~1856)가 살던 유배지가 있다. 그의 학문과 예술, 그리고 삶을 기리고 조명할 수 있는 추사기념관도 그가 기거했던 작은 초가 옆에 자리했다. 고기잡이 등 거친 바다를 상대로 생업을 이어가는 사람들이 마을을 이루고 있는 모슬포 바닷가에서 그리 멀지 않은 곳이다. 바람 센 제주에서 지붕 낮은 특유의 민가들이 올망졸망 모여 있고 주민들이 경작하는 밭들이 그 가운데 드문드문 널려 있다. 요즈음 들어 관광객들로 다소 번잡해지기는 했으나 다른 지역에 비해 상대적으로 한가한 곳이다. 도대체 무슨 일로 학문으로, 예술로, 문학으로도 이름을 날리던 그 시대 둘도 없는 천재 지식인이자 예술가였던 그가 척박하고 외로운 땅에 홀로 온 걸까.

조선 후기, 정조 10년 병조판서 김노경의 맏아들로 태어난 김정희는 후에 문과에 급제하자 조정에서 축하할 정도로 권세 있는 집안 출신이었다. 요즘으로 표현하자면 역대급 금수저이다. 게다가 어려서부터 총명했던 그는 동부지사로 청나라에 가는 부친을 수행해 연경에 체류하면서 학문의 지평을 넓혔고, 일찍이 천재적인 예술성을 인정받았다.

부족한 것 없던 그가 정사의 소용돌이 속에서 윤상도의 옥사와 관련된 혐의로 제주도로 유배되었다. 그가 가졌던 권세와 재력과 모든 영화는 허망하게 날아갔고, 가족과도 떨어져 위리안치圍籬安置(유배지에 가시울타리를 만들어 가두는 형벌로 가장 혹독한 형태의 유배)의 귀양살이가 시작되었다.

한순간 나락으로 떨어진 그가 느꼈을 막막함과 외로움이 어떠했을까. 그러나 그는 9년 간의 고통스러운 제주생활 속에서도 많은 제자를 길러냈고 말년에는 추사체를 완성시켰다. 최고의 경지에 도달한 모든 예술이 그렇듯 그의 글 또한 '법도를 떠나지 않으면서도 법도에 구속받지 않은' 참되고 아름다운 글의 진수를 보여준다. 그의 편지 형식을 빌린 문학 또한 크게 주목받고 있으며 그가 그린 〈세한도〉는 문인화의 최고봉으로 일컬어진다. 마치 베토벤이 음악가의 생명과도 같은 청력을 잃는 암흑 속에서도 불후의 명작 〈환희의 송가Ode to Joy〉를 남기며 고통을 승화시켰듯이. 그 또한 고통의 세월을 학문과 서화 등 예술로 승화시켰다.

〈세한도歲寒圖〉(1844)는 추사 김정희가 제주도 유배생활 중 그린 그림이다. 추운 겨울, 잎이 무성하던 나무들은 모두 자취를 감추었건만 소나무와 잣나무만은 변함없이 푸르름을 지키는 그림이다. 좋은 시절 서로 다투듯 무성한 잎새를 뻗어 주변을 채워주던 시절에는 모른다. 다 떠나고 난 자리에 변치 않고 여전한 푸르름으로 곁을 지켜주는 소나무와 잣나무. 추사가 춥고 어려운 시절을 견딜 때 두 번씩이나 북경에서 귀한 책을 보내주며 변치 않는 인품과 의리를 보여주던 제자 이상적에게 마음을 담아 그려준 그림이 〈세한도〉였다. 그림 옆에는 김정희 자신의 글로 발문跋文이 쓰여 있다.

〈세한도〉 옆에 김정희가 쓴 발문을 몇 문장 추려본다. "사마천은 권세나 이익 때문에 사귄 경우에는 권세나 이익이 바닥나면 교제가 멀어지는 법이라고 하였다. 그대 역시 세속의 거친 풍조 속에서 살아가는 한 인간이다. 그런데 어찌 그대는 권세가와 재력가를 좇는 세속의 도도한 풍조로부터 초연히 벗어나 권세나 재력을 잣대로 삼아 나를 대하지 않는단 말인가…." 귀양생활을 하는 추사에게 제자 이상적은 변치 않는 소나무 같은 존재로 느껴졌으리라.

〈세한도〉를 받은 이상적은 글과 그림을 받아보고는 스승의 마음에 감복해 뜨거운 눈물을 흘렸다. 그는 이듬해 이 그림을 북경에 가지고 갔다. 그림은 당시 내로라하던 문사들을 매료시켰고, 명사 16명으로부터 받은 찬사와 후에 한국 문인 네 명의 글이 그림에 곁들여졌다. 가로 14.7미터 세로 23센티미터의 두루마리 형태인 세한도는 국립중앙박물관이 소장하고 있다.

추사가 말년에 그린 그의 자화상 또한 여느 초상화와 다르다. 그가 말년에 추구한 예술세계가 기교를 드러내지 않는 천진무구한 아름다움이었듯, 초상화 속에서의 그의 얼굴 또한 가식 없고 온화한 모습이다. 단지 부드러운 가운데서도 밝고 빛나는 눈빛만이 뛰어난 정신력을 나타내고 있다. 시련이 다듬어놓은 얼굴, 권세와 부와 재능을 다 갖추었던 그가 고통 없는 금수저의 일생만을 살았다면 과연 저렇게 품위를 갖춘 겸손한 얼굴이 될 수 있었을까.

그의 뛰어난 업적과 인품에도 불구하고, 그의 큰 매력은 또 다른 곳에 있다. 아내가 병들었다는 소식을 접한 후 그는 걱정하는 편지를 보냈으나 부인은 이미 세상을 떠난 뒤였다. 두 달이 지나서야 그 소식을 듣고 "다음 생에는 차라리 내가 먼저 죽어 당신도 이 슬픔과 외로움을 겪어봐야 한다"는 편지 형태의 시를 썼다. 혹자는 까칠한 성격의 그가 평생을 사랑으로 헌신한 아내에게 끝까지 투정을 부린 남편이라고도 한다. 정말 그럴까. 하지만 한 꺼풀 벗기고 보면 세상 떠난 아내에 대해 사무치는 그리움과 외로움에 젖은 한 남자의 처절한 쓸쓸함이 전해져 가슴이 찡하다.

어떤 시련 속에서도 꿋꿋이 지켜온 자신, 고통 속에서 후학을 양성했으며 다방면의 학문적 성취를 이루고 세상의 풍파를 이겨낸 그였다. 그러나 그도 사랑한 아내를 잃고 휘청이던 섬세하고 여린 남정네였다.

흑도세기고기와 소주 두 잔

늦잠을 잔 것 같다. 블라인드 커튼을 걷고 밖을 보니 해는 중천에 떠서 파릇해진 잔디를 비추고 있다. 커피를 내리며 딸에게 전화했다. 앞도 뒤도 없이 대뜸 "보경아, 내가 S식당에 가서 줄 설까?" 하고 물었다. 음식점은 집에서 차로 5분 거리에 있는 돼지고기구이집이다. 제주산 흑돼지고기를 비닐로 봉한 채 물속에서 숙성시켜 부위별로 판매하는데, 적당한 숙성이 육질을 연하게 만들고 고소한 풍미를 더 느끼게 해준다. 요즘 이곳에서 가장 인기 있는 식당 중 하나로 미리 줄 서서 기다리지 않고는 입장조차 할 수 없는 곳이다. 딸애는 미안한 듯 지금 외출했는데 엄마가 줄을 서서 기다릴 수 있겠느냐며 영업이 개시되는 12시까지는 식당으로 오겠다고 했다.

서둘러 식당으로 내려와 매장 출입문 앞에 설치된 키오스크에 이름을 올렸다. 11시 반가량이 되니 큰딸과 둘째딸이 왔다. 그러고도 30분을 더 기다린 후 입장했다. 서울의 삼각지 연탄구이집처럼 드럼통 가운데 불을 넣고 주문한 돼지고기를 굽는다. 따라 나오는 상추와 새콤한 장아찌, 그리고 멸치젓, 명란이 반찬 전부이다. 딸들은 내가 서울나들이를 하고 올 때마다 시골에 와서 종갓집 어른을 찾듯 이 음식을 찾는 것을 의아하게 생각한다. 물론 요즘 맛집답게 입맛을 사로잡기는 하지만, 줄 서고 기다리는 불편을 감수하면서까지 꼭 이 음식이 먹을 만한 것인가를 생각하는 것이다.

오늘도 고기를 넉넉하게 주문하고 소주도 한 병 주문했다. 술은 잘 못 마시지만, 소주 두 잔에 마음은 고향에 온 듯 편안하고 너그러워진다. 딸들은 술을 마시지 않기 때문에 혼자 두 잔을 마시고 나머지는 집으로 가져와 장아찌 만들 때 사용한다. 모든 것이 나도 모르게 친정어머니가 하시던 그대로 따라하고 있다. 그러고 보니 이 음식을 먹을 때마다 무의식 중 나는 어머니 생각을 했었다.

성실한 아버님 덕에 중년 이후 여유로운 삶을 살았던 어머니는 정성스레 만든 온갖 맛깔스러운 음식을 밥상에 올려주시곤 했다. 그 시대에는 파격적인 햄버그스테이크에, 명절이면 갈비찜까지 다채로운 음식이 동원되었다. 단지 돼지고기 음식만은 밥상에 오르지 않았다. 어머니가 돼지고기를 싫어하셨기 때문이었다. 우리 형제는 자연스레 돼지고기에는 익숙지 못했다. 돼지고기를 워낙 좋아하셨던 아버지는 가끔 편육 등, 돼지고기 음식을 어머니께 특별 주문을 하셨고, 아버님은 고향의 맛이라고 좋아하셨다. 온갖 요리를 맛깔스레 만들어 예쁜 접시에 올려놓으면서도, 아버님을 하늘같이 여기던 어머니가 왜 아버지가 좋아하던 음식을 밥상에 자주 올리지 않으셨는지 모르겠다.

갖가지 음식 중에도 어머니가 자랑하시던 음식은 소갈비찜이었다. 우리 형제 모두 명절이면 어머니표 갈비찜을 기대했고 세월이 가며 손자손녀들까지 모두 할머니가 만들어주는 갈비찜을 맛볼 생각에 명절이 즐거웠다. 그런데 나는 왜 어머니의 시그니처 음식인 갈비찜을 제쳐놓고, 하필 돼지고기와 소주를 앞에 놓고 어머니를 생각하게 되는 것일까.

아버님 산소에 추석 성묘하러 갔다오는 길이었다. 가평에서 양수리를 거쳐 집에 오다 음식점에 들렀다. 순두부가 맛있는 집이다. 평소 음식 주문은 자식들에게 맡기던 어머니가 망설임 없이 돼지고기 편육을 선뜻 주문하셨다. 그 음식은 아버지의 음식이었다. 그리고 아버지처럼 소주도 주문하셨다. 그 후로도 어머니는 가끔 외식이라도 하게 되면 주로 그 메뉴를 파는 식당을 자주 들렀고, 그 음식을 꼭 먼저 주문하셨다.

금실좋던 두 분이 다정하게 지내시다가 어느 날 아버지가 하늘나라로 훌쩍 떠나셨다. 한동안 상실감 속에서 힘겹게 지내시던 어머니는 그럭저럭 마음을 추스르는 듯싶었다. 천성이 밝고 긍정적이라 어려움을 잘 극복해내시는구나 싶어 고맙고 다행스럽게 생각했다. 어머니는 관절이 좋지 않아 오르막 내리막길 다니는 걸 힘들어했는데 좋지도 않은 체력으로 하루도 빠짐없이 어딘가로 외출하셨다.

친구들과 화투도 치며 어울리신다고 했다. 아주 바쁜 양 씩씩하셨다. 그 모습이 마치 쇠잔한 노병이 마지막 남은 기력으로 꼿꼿한 자존감을 지켜가는 듯 보였다.

나는 어머니가 바쁜 자식들을 바라보며 눈빠지게 기다리는 것이 자식들에게 부담을 줄 것이라는 생각에 일부러 저리도 바쁜 듯한 것임을 모르지 않았다. 그런데도 나는 남편과 자식, 학교 일에 매여 어머니는 잘 지내시고 있다고 생각하기로 했다. "이제 나는 아무에게도 쓸모없는 사람이 된 것만 같구나. 내가 이 세상 떠나도 누구에게도 아무런 지장이 없을 터이니." 어쩌다가 혼잣말처럼 하시는 말씀에 짙은 쓸쓸함과 외로움이 느껴져 순간 마음 한구석이 시려왔지만, 그것도 모르는 척 그냥 지나치기로 했다. 간혹 어머니께 큰 효도라도 하듯 형제들이 모두 함께 식사라도 하는 날이면 어머니는 세상을 다 얻은 듯 행복해하셨다. 그것으로 할 도리를 한 듯 스스로 마음을 편하게 갖기도 했다.

이제 와 내 나이가 그때 어머니 나이를 바라볼 만큼 세월이 지나고 나서야 외롭고 쓸쓸했을 어머니의 마음이 아프게 헤아려진다. 그 마음을 보듬어드리지 못하고 좀 더 살갑게 해드리지 못했다는 생각에 가슴이 멘다. 그러고는 어머니가 뒤늦게 좋아하셨던 그리움의 음식을 어머니가 하셨던 것처럼 똑같이 주문하며 함께했던 시간을 생각한다. 어머니도 뒤늦게 아버님이 좋아하던 음식을 즐겨 찾으신 것은 그것이 아버지를 향한 그리움의 음식이어서였을까.

●

우연히 스치는 독특한 향기 한 자락이 옛사람과의 추억을 불러일으키듯 음식 또한 사랑하던 사람과의 애잔한 추억을 불러일으킨다. 같이 먹으며 나누었던 특별할 것도 없는 일상 이야기에 애틋한 그리움을 느끼며 가슴을 적시기도 한다.

어느 시인의 시 구절처럼 만일 이 자리에 엄마가 단 한번만이라도 함께 하실 수 있다면, 그래서 어머니가 아버지를 그리며 좋아하셨던, 또 내가 어머니를 그리며 좋아하게 된 음식을 함께 나눌 수 있다면. 이렇게 얼토당토않은 생각을 머릿속에 떠올리는 것만으로도 벌써 가슴 한쪽이 축축이 젖어온다.

눈 오는 날의 수채화

사소한 일로 남편과 말다툼했다. 무엇 때문이었는지조차 기억이 나지 않는다. 그래도 함께 외출할 일이 있어 서로 뚱한 얼굴을 한 채 집을 나섰다. 집에서 나와 차로 15분쯤 달렸을까. 한 송이 두 송이 하늘하늘 춤추듯 내려오던 눈이 갑자기 굵은 함박눈으로 변했다. 함박눈은 펑펑 쏟아져 날아와 차창을 가리더니 곧 차 안을 세상과 단절된 둘만의 공간으로 만들었다.

우와~ 이렇게 멋있을 수가!! 아침녘 말다툼 때문에 여전히 마음이 풀리지 않았던 나는 입을 다물고 혼자 감탄했다. 나와 달리 운전대를 잡고 있던 남편은 날아오는 탐스러운 눈송이를 바라보며 "아, 정말 멋있다!" 소리를 내어 감탄한다. 어느 감탄인들 진실이 아니겠는가. 그러나 남편은 마치 쏟아지는 눈에 압도당한 사람처럼 가슴으로 탄성을 냈다. 바로 조금 전 본인이 상대방 기분을 얼마나 상하게 했는지는 모르는 듯했다. 실은 나 역시 이렇게 풍요롭게 쏟아지는 함박눈 속에서 사소하게 마음 상했던 일쯤은 이미 아무것도 아니었다. 눈은 '흐림모드'의 두 사람 마음을 '최상의 모드'로 바꾸어주었다. 7년이 지난 지금도 어쩌다가 기분이 내려앉거나 쓸쓸함이 느껴지는 날 제주 평화로에서 중산간도로 초입에 다다를 때면 "아, 정말 멋있다!" 하던 남편의 목소리가 생각나곤 한다.

아이들이 초등학교 저학년이었던 때다. 그날도 함박눈이 펑펑 내렸다. 쏟아지는 눈을 내다보고 있는데 생각지도 않게 남편이 현관으로 들어섰다. 남편은 점심시간을 이용해 잠시 들렀다고 하며 애들 데리고 가까운 도산공원으로 나가자고 했다. 우리는 아이들에게 두꺼운 점퍼 등을 주섬주섬 입혀 공원에 데리고 나가 눈싸움하고 카메라 셔터를 누르며 점심 한나절을 보냈다. 그날 눈이 만들어준 추억은 우리 가족의 행복한 그림으로 나에게 남았다.

10여 년 전 정월 초 어느 날도 폭설이 내렸다. 41년 만의 폭설이라고 했다. 서울 도심은 완전히 눈 속에 파묻혀 교통조차 마비되었고 남편과 나, 막내딸, 세 식구는 밖에 나갈 엄두도 못 내고 있었다. 하늘에서 굵직굵직한 하얀 떡가루가 포대째로 쏟아지는 것 같았다.

막내가 마침 TV에서 영화 〈닥터 지바고〉를 한다며 함께 보자고 했다. 오래 전에 본 영화지만, 기억 속 남아 있는 러시아 설원 풍경이 생각났다. 영화는 다시 보아도 또 새로웠다. 스토리 자체가 흥미있었고 끝없이 펼쳐지는 러시아 설원 풍경과 잔설 뒤에 흐드러지도록 노랗게 피어 있는 수선화가 눈을 뗄 수 없이 아름다웠다. 3시간

20분이나 상영되는 영화는 중간에 휴식 시간까지 있었다. 우리 세 식구는 그 짧은 휴식 시간에 맛있는 음식을 챙겨 먹어가며 감상했다. 그 느낌이 눈 오는 숲속에 갇혀서 오붓하니 먹이를 까먹는 다람쥐가족 같았다. 끝없이 내리는 눈처럼 낭만과 행복이 마음속에 소리 없이 쌓였다.

어느 눈 내린 다음날 공휴일엔 온 가족이 양재시민의 숲을 걸었다. 도심의 숲에는 아직 아무도 밟지 않은 하얀 눈이 소복소복 쌓여 있었다. 갓 결혼해 한국의 사위가 된 중국인 사위도 함께했다. 사위는 눈을 집어 어설픈 눈뭉치를 만들더니 장모인 나에게 슬쩍 던졌다. 장난스러운 표정으로 보아 차마 장인어른한테는 못하고 우리집 위계상 두 번째인 내게 친밀감의 표시를 한 듯싶었다. "엄마, 중국 사람은 장모님한테도 눈을 던지네." 큰딸도 장난기 섞인 말로 맞수를 두었으나 벌써 기분은 부풀어 모두 눈밭에 나온 어린아이들 같아졌다. 나이든 노년 한 쌍, 그리고 나이 서른이 넘은 사위와 서른을 바라보는 성년 딸들의 눈싸움이었다. 한가족이 되었지만 아직은 서로 예의 차리며 조심하던 사위와의 사이가 눈싸움 한번으로 이미 오래 전부터 한가족이었던 양 단숨에 친밀해졌다.

눈 내리던 날과 함께 남은 기억들 모두가 유쾌하고 행복한 건 참 고마운 일이다. 도산공원에 가서 사진 찍던 그 당시엔 남편의 투자 실패로 경제적으로도 심적으로도 매우 힘들던 시기였는데 말이다.

행복은 따듯하고 밝은 해가 연속되는 삶에만 머무는 건 아니었다. 상황과 상관없이 마치 햇빛을 받아 순간 반짝이다 스러지는 바다의 윤슬처럼, 우리 삶 어느 순간에 잠시 발을 들였다 빼는 것이 행복이다. 그걸 포착하고 내 삶으로 받아들이는 건 각자의 몫일 뿐.

다시, 눈 오는 날의 수채화

남편과 내가 제주에 내려오기 전 마음속으로 아쉽게 생각한 것이 하나 있었다. 제주에서는 눈 구경을 못할 것이라 여기고 지레 포기했었다. 그러나 기대하지 않았던 눈은 뜻밖의 횡재였다. 제주는 눈이 왔다 하면 하루 이틀에 걸쳐 펑펑 쏟아진다. 게다가 도시처럼 차들이 지나가며 남긴 흙과 섞인 눈이 아니고 들과 밭, 산에는 하얀 눈이 포근하게 쌓였다가 그대로 스르르 깨끗하게 녹는다. 얼핏 들판에 눈 쌓인 모습을 바라보면 영화 〈닥터 지바고〉의 자작나무 설원만큼 아름답다. 정작 영화 속의 설원은 스페인에서 촬영했다 하니 오히려 제주 풍경이 꾸미지 않은 순수한 자연인 셈이다.

자신이 사용하는 물건이 곧 그 사람이라고 한다. 그래서 소비는 자신을 표현하는 강력한 수단이 되기도 한다. 둘째사위는 약간 마초 성향이다. 오래 전 미국의 '말보로' 담배는 '강인한 남성'을 추구하는 성향의 소비자군을 타깃으로 선정하고 서부 개척 당시 터프하고 멋진 남자배우 이미지로 포지셔닝positioning했었다. 사위는 그런 남자다움을 추구하는 광고 모델로 나가면 잘 어울릴 타입이다. 요즘에는 세상이 바뀌어서 따스하고 부드러운 여성성을 갖춘 훈남들이 인기가 있기는 한데 말이다.

사위가 제주에 와서 타고 다닐 차를 고르는데 꼭 자신과 어울리는 차를 골랐다. 바퀴가 어마어마하게 큰 지프는 제주도 산길을 이곳저곳 거침없이 다니기에 안성맞춤이었다. 그 차가 이렇게 쓸모 있을 줄은 몰랐다. 눈이 수북수북 쌓여 있는 길을 거대한 톱니바퀴 같은 바퀴로 한 치 미끄러짐도 없이 거뜬히 헤치고 누빌 수 있으니까. 날렵한 승용차로는 1미터도 가기 힘든 길을 말이다.

그날도 제주에는 폭설이 내렸다. 서울에서도 이렇게 많은 눈이 온 것을 경험한 적이 별로 없는 듯하다. 제주에서는 눈이 와도 곧 녹아버리는 경우가 흔한데 이틀에 걸쳐서 쏟아진 눈은 두껍게 쌓였다. 나는 정원을 깨끗하게 덮은 눈을 바라보다가, 또 눈 덮인 아랫마을과 귤밭을 바라보다가 불쑥 이시돌목장의 풍경은 어떨까 궁금했다. 나는 딸에게 말을 건네며 은근히 부추겼다.

"우와, 눈 정말 멋지게 온다!"

"이런 눈 속에서 드라이브할 수 있으면 얼마나 좋을까."

눈길에서 차가 충돌했던 경험이 있는 딸은 약간의 트라우마가 있는지 망설이다가 제 남편에게 눈길 드라이브를 해줄 수 있는지 물었다. 사위는 장모의 바람을 기꺼이 들어주었다.

우리는 집에서 나와 우선 집 뒤 산길로 올라갔다. 그쪽은 제주의 유명한 두 골프장이 적당한 간격을 두고 위치해 있다. 그 일대는 길도 예쁘게 조성되었을 뿐 아니라 조경이 잘 되어 평소에 일부러 지나다니는 곳이다. 잘 정돈된 나무를 바라보는 것만으로도 기분이 상쾌해지므로. 눈이 수북하게 쌓인 도로는 발자국 하나 없이 정결하다. 길 오른쪽으로 바라보이는 골프장 필드에도 눈이 쌓였다. 길 양옆에는 가지마다 눈을 흠뻑 뒤집어쓴 편백나무들이 태고의 풍경을 연출하고 있다. "아, 정말 멋지다." 7년 전 제주에서 기대하지 않았던 눈을 처음 만났을 때 남편이 감탄했던 것처럼 이제 내가 탄성을 질렀다.

세상천지는 고요하다 못해 적막했다. 낮게 가라앉은 잿빛 하늘에서 눈 쏟아지는 소리만 들릴 뿐. 사람도 차도 하나 보이지 않는다. 아무도 이 눈 속에 나올 엄두도 못 낼 뿐더러 승용차로 다닐 수가 없기 때문이다. 우린 마치 섬을 독차지한 사람들 같았다. 그곳에서 이시돌목장으로 나갔다. 목장으로 향하는 길 양옆의 눈 덮인 초원이 광활하게 느껴졌다. 아득하고 멀게 느껴지는 저 끝으로는 러시아 평원의 자작나무 대신 제주의 토박이 나무들이 간간이 보인다.

눈은 속세의 오염을 덮어주듯, 낮은 골짜기에도 높은 곳에도, 키 큰 나무에도 작은 나무에도 눈부시게 희고 포근한 솜이불을 덮어준다. 마치 낮은 곳이나 모자란 곳이나 가진 것이 많은 자나 가난한 자에게나 모두 하늘의 사랑이 공평하게 분배되고 있음을 보여주기라도 하듯이. 그래서 사람들은 하얀 눈을 바라보며 무의식 중에 절대자의 차별 없는 사랑을 느끼고 마음이 푸근해지는 것일까.

목장 쪽으로 들어가니 쏟아지는 눈 속에서 말들은 군데군데 모여 참선하는 듯 묵묵히 서 있거나, 또 다른 무리는 조용히 눈밭을 어슬렁거리기도 했다. 사위는 요소요소에 차를 세워주며 눈 풍경을 카메라에 담게 해주었다. 나도 마치 사진작가라도 된 양 열심히 카메라 셔터를 누른다. 딸은 그냥 차 안에서 기다리기도 하고 내리기도 한다.

딸과 장모의 감탄과 유쾌한 웃음소리에 흥이 난 사위는 다음 코스를 삼나무숲길로 안내했다. 좁은 오솔길 양쪽에 높이 솟은 삼나무 가지가 휠 정도로 눈을 이고 있다. 평원도 숲도 순백이었지만 저마다 다른 모습으로 다가왔다. 모든 게 기대하지 않았던 특별한 선물이요, 특별히 부여받은 하루였다.

집에 돌아와 찍은 사진과 동영상을 하나씩 다시 되돌려보며 그중 좋은 풍경 몇 개는 가족 카톡방에 올렸다. 엄선한 동영상 몇 개는 예술작품 만들어내듯 사진을 잘 찍는 고등학교 후배 혜경 씨에게도 보냈다.

그런데 이게 무슨 일이란 말인가. 저녁이 되자 몸이 으슬으슬하더니 온몸이 쑤시듯 아팠다. 열도 나는 듯싶었다. 겁이 덜컥 났다. '혹시 코로나인가? 젊고 건강한 사위와 딸은 겉으로 드러나지 않았지만, 나는 나이가 있으니 혹시….' 의심은 끝없고 마음은 편치 않았다. 혼자 끙끙 앓다가 하는 수 없이 마음을 내려놓기로 했다. 이제와 걱정한들 무슨 소용이 있겠는가. 에라 모르겠다. 될 대로 되거라. 타이레놀을 먹고 그냥 자기로 했다. 반나절 넘게 눈 속을 돌아다닌 탓인지 다행스럽게도 그냥 잠에 빠져들었다.

아침에 일어나니 언제 그랬냐는 듯 몸은 아픈 곳 하나 없이 가뿐했다. 말할 수 없이 상쾌한 아침이었다. 카톡방에는 어제 저녁 후배에게 보냈던 짤막짤막한 동영상들이 편집되어 멋진 작품으로 다시 내게로 와 있었다. 아름다운 배경 음악을 삽입한 동영상은 '설국雪國'이라는 제목까지 붙었다. 철없는 장모를 위해 지프로 멋진 곳을 드라이브해준 사위 덕분에 만들어진 작품이다. 나이를 생각하지 않고 신이 나서 즐기느라 생긴 후탈로 혹시나 했던 속앓이는 오롯이 혼자 간직하기로 했다.

나의 아호, 유채

내가 그의 이름을 불러주기 전에는/ 그는 다만 하나의 몸짓에 지나지 않았다./

내가 그의 이름을 불러주었을 때/ 그는 나에게로 와서/ 꽃이 되었다.//

내가 그의 이름을 불러준 것처럼/ 나의 이 빛깔과 향기에 알맞은/

누가 나의 이름을 불러다오.//

그에게로 가서 나도/ 그의 꽃이 되고 싶다./ 우리들은 모두/ 무엇이 되고 싶다.//

너는 나에게 나는 너에게/ 잊혀지지 않는 하나의 눈짓이 되고 싶다. (「꽃」, 김춘수)

국토 남단의 섬 제주는 사시사철 꽃이 핀다. 한해를 마감하는 12월, 꽃을 피우기 시작한 동백이 눈과 어우러져 차가운 겨울날을 화려하게 장식하고, 봄이라기에는 이른 2월이 되기 무섭게 매화 또한 온천지에 그윽한 향기를 날린다. 섬 지천에 청매화 홍매화가 가지마다 가득 꽃자루를 달고 있는데도 저 멀리 한라산 꼭대기에는 여전히 눈이 쌓여 있다. 그때, 아니 그 이전부터 청초한 모습을 수줍게 드러내는 꽃이 있다. 제주도에 유배되었던 추사 김정희가 평생 사랑했다는 수선화다. 자그마한 키에 하얀 색으로 또는 노란 색으로 만개한 수선화가 무리지어 바람에 흔들리는 모습은 또 얼마나 신선한가.

샛노란 개나리가 나른한 봄날을 화사하게 밝히고, 진달래 철쭉이 온 섬을 뒤덮을 즈음이면 올레와 오름을 오르는 길섶에는 봄을 알리는 새 생명들이 등장한다. 마치 커튼 뒤에 기다렸다가 무대 위에 등장하는 배우처럼, 자신의 때가 되면 정확히 대자연의 축제에 환하게 얼굴을 내미는 가지가지 꽃들. 자연의 섭리는 경이롭기만 하다. 무대에 서 있는 시간이 길든 짧든, 화려하든, 잠시 구석에 서 있다 퇴장하는 엑스트라든 아랑곳없이 모두가 조물주 솜씨를 찬양하듯 햇살에 반짝이는 꽃들. 어느 꽃인들 아름답지 않으랴.

살아가며 만나는 수많은 사람 혹은 수많은 물건 중에도 어느 날 무심코 다가와 필연을 만들어내는 인연이 있듯, 수많은 꽃 중에도 어느 날 특별한 감정으로 다가오는 꽃이 있다.

하늘이 회색빛으로 내려앉은 오후, 두꺼운 패딩을 입고 산책을 나섰다. 큰길을 지나 바다 쪽으로 길게 난 작은 에움길 옆으로 돌아서자 줄지어 서 있는 동백이 발길을 붙잡는다. 초록빛 반짝이는 두꺼운 잎새 옆, 전날 내린 눈을 면사포처럼 덮은 꽃송이가 더 붉고 선명해진 얼굴로 눈길을 끈다. 제주에선 동백 또한 남다른 미모와 표정으로 내 가슴 속을 파고든다.

아마도 제주에서 흔한 꽃 중 하나가 동백이리라. 작은 골목길을 따라 아기자기 심어놓은 아기 동백에서부터 산동백에 이르기까지 모양도 천차만별, 꽃 색깔도 다양하기 이를 데 없다. 동백꽃 군락마다 수많은 종류의 동백이 11월부터 이듬해 3,4월까지 차례로 돌아가며 선홍색, 여리여리한 분홍, 선명하고 깨끗한 흰 색으로 피어난다. 그래서 때론 제주의 동백은 익숙해져서 특별할 것 없는, 하루에도 몇 번씩 마주치며 지나가는 덤덤한 지인인 양 느껴지기도 한다.

그러나 그 익숙함에 빠져 무심했다가는 꽃이 주고 가는 마지막 인사에 그만 가슴을 크게 찔린다. 마치 무심해진 애인의 마음이 못내 서운한 듯, 깔끔하고도 꼿꼿한 성정으로 보라는 듯이 어느 날 그 화려하던 꽃을 뚝! 떨어뜨린다. '이제 내가 갈 때가 되었구나' 싶으면 한 치의 미련도 없이 아직도 아름답기만 한 자태와 빛깔로. 낙화조차 나무 밑을 처연하게 물들이며 보는 이의 가슴에 애잔함을 두고 간다.

1월이 지나면 제주 산방산 앞 탁 트인 넓은 광장에 혹은 여기저기

다랑밭에 짙푸른 바다와 어우러지며 노란 유채가 봄기운을 내뿜는다. 봄 빛깔에 취한 관광객들은 크고 작은 꽃밭 속에서 유채보다 더 환한 얼굴로 카메라 셔터를 누르며 행복한 웃음을 날린다.

섬 동쪽 가시리 유채꽃광장, 유채와 벚꽃이 어우러진 녹산로의 장장 10킬로미터 길은 압권이다. 길 양옆에 유채가 흐드러지고 그 위로는 연한 분홍의 벚꽃 가지가 서로 닿을 듯 말 듯 하늘거린다. 마치 봄바람에 정분이 난 아가씨와 총각이 가슴 가득 설레며 떨리는 손을 잡을 듯 말 듯 하듯, 유채꽃과 벚꽃은 애를 태운다.

유채는 밝은 햇살 아래서 선명한 노란 색으로 천지를 온통 밝게 물들이는 모습도 좋지만 어둡도록 흐릿한 회색의 날에 또 다른 진가를 톡톡히 발휘한다. 어두컴컴한 속에서 더 선명하고 화사한 노란 색을 빛내면서.

안개가 잔뜩 낀 어느 회색빛 봄날, 볼일을 마치고 주차해놓은 장소로 향하다가 마주친 유채가 그랬다. 유채밭도 아닌 공터에 서너 그루가 뭉쳐 안개로 꽉 찬 어둠침침한 오전을 환하게 밝혀주고 있었다. 주차장 아래 검은 제주돌로 대충 마감해놓은 빈터는 정리가 채 되어 있지 않았다. 주변으로 버려진 쓰레기도 보였다. 그런데 회색빛 흐린 날에 뿜어내는 유채의 밝음이 얼마나 큰지 주변의 모든 모습은 가려지고 말았다. 신선한 충격이었다. 버려진 땅에, 주변 상황을 가리지 않고 그곳이 어디든 저렇게 환하게 주변을 밝혀주는 꽃. 그저 좋아하는 감정을 가졌던 이성 친구가 어느 날 특별한 존재로 다가와 내 마음에 자리하듯 유채꽃이 내 가슴속으로 훌쩍 뛰어 들어왔다.

퍼뜩, 내가 참여하던 수필반에서 아호를 하나씩 정하라던 생각이 났다. 망설일 것이 없었다. 내 아호는 '유채!'. 나 또한 어느 곳에서든 저렇게 내 주변을 밝혀줄 수 있는 사람이 될 수만 있다면 얼마나 좋으리오. 나의 바람이다.

사계의 그 집

큰애가 이탈리아 음식이 맛있는 식당이 있으니 한번 가보잔다. 날을 잡아 큰 기대를 하고 따라나섰다. 이탈리아 음식에 걸맞게 내심 바닷가에 나폴리풍으로 꾸며진 멋진 식당을 상상했다. 딸이 차를 운전해 도착한 곳은 시원한 바다가 내다보이는 좋은 풍광은 다 지나고 지붕 낮은 집들이 모여 있는 동네였다. 가꾸지 않은 동네가 허술했을 뿐더러 마을 초입에 있는 식당의 외양도 크게 다르지 않았다. 실내 또한 그랬다. 자개가 박혀 있는 오래된 가구와 손때 묻은 가구들은 빈티지풍의 멋으로 보기엔 뭔가 어설펐다. 그나마 한쪽 벽, 비취 옥색의 '이왈종' 화백의 판화가 분위기를 환하게 바꾸어 주기는 했지만. 창가에 늘어져 있는 주렴도 이탈리아 음식과는 어울리지 않았다.

샐러드와 파스타, 뇨끼를 주문했다. 주문받는 청년의 인상이 좋았다. 웃음 가득한 청년의 밝고 순수한 얼굴이 어설프게 느껴지던 식당 분위기를 환하게 밝혀주었다. 허술한 내부와는 달리 테이블세팅과 플레이팅은 격을 갖추었다. 드디어 주문한 음식이 나왔는데 샐러드 소스 맛이 특이했고, 정성이 가득 들어간 파스타와 뇨끼도 입에 감기게 맛있었다. 신선한 재료를 아끼지 않고 정성들여 만든 음식은 바닷가의 이탈리아풍 집이 아니라서 잠시 실망했던 마음을 몇 배 보상해주고도 남았다. 그 후 이 음식점의 오랜 단골이 되었다.

사계리 한구석 조용한 이 음식점이 이제는 예약 없이 갈 수가 없는 인기있는 음식점이 되었다. 사람들의 느낌은 다 비슷한 것인지 이 집의 무언가에 끌리는 모양이다. 이 식당은 외형과 내부의 치장이 일관된 콘셉트를 갖춘 것도 아니고, 이렇다 할 홍보조차 없다. 그 흔한 바닷가의 아름다운 경관을 갖춘 집도 아니다. 그런데도 마을 한구석에서 상권과는 무관하게 별다른 홍보 없이 고객을 유인하는 능력이 있으니 그저 대견할 뿐이다. 무슨 비결일까.

외식업은 생각처럼 쉽고 만만한 사업이 아니다. 우리나라 외식업체 열 개 중 두 업체만이 살아남아 성공한다는 통계가 그것을 말해주지 않던가. 많든 적든, 자금을 동원해 사업을 꾸렸다가 어느 날 문을 닫는 경우를 보면 안타깝기 짝이 없다. 더구나 엄청난 돈을 투자해 화려하게 등장했다가 맥없이 사라지는 것을 볼 때면 화려한 불꽃이 하늘로 던져졌다가 잠시 후 파편으로 산산이 부서져 내리는 불꽃놀이를 보는 것 같다. 손실은 얼마나 컸을 것인가. 수많은 변수가 동시에 변화무쌍하게 움직이는 현실 속에서 성공을 끌어내기가 쉬운 일이겠는가.

친구들 네 명이 꾸려가고 있는 이 식당은 각자 배역에 충실한다. 요리 담당 셰프는 주문받는 막내를 통해 고객의 다양한 욕구를 파악하고 그걸 최대한 충족시킬 음식을 만들어낸다. 어느 날 음식을 먹으며 서빙하는 막내에게 주방장이 어느 유명한 요리학교에서 배웠는지 물었다. 격을 갖추어 음식을 만드는 모양새로 보아 노련한 셰프의 솜씨가 느껴져서다. 막내의 말은 형님(주방장)은 서울의 홍대 앞 음식점에서 서빙과 주방일을 했다며, 워낙 음식 만드는 것을 즐겨 혼자 끊임없이 연구하며 만든다고 했다. 손님에게 음식과 맞는 와인을 추천하기 위해 와인 공부도 독학한다며 자랑스럽게 말했다.

그러고 보니 별다른 비결이 있는 것은 아니었다. 그저 음식 만드는 일이 좋아서, 좋아하는 일에 열정을 쏟았을 뿐이다. 요즘 유명한 셰프들이 한결같이 하는 말도 '요리라는 예술'에 열정을 쏟으며 맛있는 음식을 만들어낸다고 하니 크게 다를 건 없는 셈이다. 음식점의 핵심 콘텐츠는 '맛있는 음식과 친절함'이니 음식점 경영자 누구인들 그 점을 소홀히 하겠는가.

고객은 영리해서 음식과 친절의 순도를 정확하게도 알아차린다. 이 집의 특별함이 바로 그것이었다. 순도와 진정성, 어머니 음식을 생각하게 하는 집. 사랑과 정성을 넣은 음식, 어머니가 자식에게 먹일 음식에 다른 불순물이 끼어들 수가 있겠는가. 사람들의 마음을 감동하게 한 것은 바로 그것이 아니었을까. 내 식구, 내 자식에게 음식을 만들어주듯 진심을 담은 음식. 진정성이 그렇게 나에게도 전달되었던 것 같다.

무엇이 사람을 움직일 수 있는가. 진실한 사랑에 사람은 비로소 마음을 열고, 상품도 소비자 편에서 소비자의 니즈needs를 충족시켜 주었을 때 고객은 지갑을 열게 돼 있으니 말이다. 세상살이가 아무리 복잡해도 진리는 이렇게 단순하다. 아마도 세상의 모든 건 '진정성'을 기본으로 비로소 꽃을 피워나가게 되는지도 모른다.

외모지상주의시대에 겉모습과 포장은 내면 못지않게 중요하다. 내용물이 귀한 것일수록 고급스럽게 잘 포장되어 그 물건의 가치를 나타내는 중요 지표역할을 하고 있으므로. 그러나 핵심 콘텐츠가 부실한데 포장만 잘 된 상품이 길게 사람을 끌 수 있겠는가.

어려운 환경 속에서, 애초에 그리 큰 자본을 들이지 않고, 오로지 '진정성' 하나로 고객을 감동하게 한 젊은 청년들에게 격려의 박수를 보낸다. 부라보!

잘난 척하는 한국인

영어를 유창하게는 못해도 웬만큼 의사소통하고 싶다는 생각을 항상 했다. 그래서 어느 날 자극을 받아 동기부여가 되면 영화회화 수업을 시작했다가 또 바쁘다는 핑계로 중단한 것이 몇 차례인지 모른다.

둘째딸네가 신혼 초 중국에 살 때의 일이다. 중국인 사위로부터 전화를 받았다. 사위는 한국어를 못하고 나는 중국어를 못해 소통은 영어로 했다. 사위는 영어를 유창하게 하고 나는 '콩글리시'라는 한국식 영어를 한다. 그러니 몇 마디 나누면 짧은 내 실력 때문에 더는 대화가 이어지지 않았다. 그날도 바닥난 대화를 메울 양으로 나는 딸을 바꿔달라 했다. 머릿속으로 한국말을 영어로 직역해 '체인지change 보경'이라 하면서 아차 싶었지만 이미 나간 말을 주워담을 길이 없었다. 그래도 사위는 얼른 딸 보경을 바꿔주었다. 설마하니 장모가 "네 마누라를 바꾸라"는 말을 했겠나. 속으로 헤아렸을 것이다. 몹시 부끄러운 실수이기는 해도 이런 사건은 영어 공부의 동기부여가 되기는 한다.

제주에 이사온 후 어느 날, 이곳 국제학교 교사인 사위 친구가 놀러와 집을 둘러보는 중이었다. 내가 음악을 듣는 오디오 방도 잠시 보고 싶어했다. 그때 마침 나는 말러Gustav Mahler 교향곡 5번을 듣고 있었다. 오래 전 친구가 준 CD를 감상하는 중이었다. 사위 친구는 전공이 음악으로 석사과정을 마치고 이곳 국제학교 교감으로 부임한 영국인이다. 키다리 아저씨처럼 길쭉하고 쇼팽처럼 감성이 풍부해 보이는 그는 말러 얼굴이 있는 CD 표지를 보고 또 나를 쳐다보더니 눈을 크게 뜨고 놀란 표정을 지었다.

나이든 동양 여자가 클래식 애호가도 쉽게 접근하기 어려운 곡을 듣고 있으니 놀라기도 했고, 음악이라는 공통분모를 놓고 무언지 모를 친밀감이 느껴져서일지도 모르겠다. 그가 말러 곡이 어떠냐고 물었고, 나는 말러 곡의 심오한 아름다움에 아직 완전한 감정이입은 못했던 터라 약간 어렵다고 했다. 그는 그럼 좋아하는 음악가는 누구냐고 물었고, 나는 로시니와 모차르트 얘기를 했다. 그는 고개를 끄덕이며 미소를 지었다. 짧은 시간에 음악 얘기로 친근한 마음이 오갔다. 의도치 않게 나의 고상한 취미를 돋보일 수 있었던 절호의 기회였다. 이렇게 음악과 예술에 대해 좀 더 심층 있게 영어로 대화할 수 있으면 얼마나 좋을까 하는 생각이 들었다.

다시 영어회화 공부를 시작하기로 했다. 나의 새로운 영어회화 선생님은 나이가 지긋한 영국인으로 이곳 학교에 부임해온 이신생의 남편이다. 얼마 전 오스카상을 수상하며 좌중을 휘저었던 배우 윤여정이 말했던 '잘난 체하는 영국인snobbish English people'이라는 일반적 편견과는 거리가 먼 사람이었다. 손녀의 학교 선생님이기도 한 영국 할아버지의 부인은 손녀가 감사로 표시한 아주 작은 선물에도 꼭 고마움의 표시를 한다. 제주산 과일로 잼을 만들어 예쁜 카드와 함께 고마움을 나타내는 식으로 말이다. 다정다감한 사람들이다.

영국 할아버지는 종종 제주의 해안, 산, 들의 풍경이 아름답다고 감탄했다. 또 전형적 서구 노인의 체형으로 허리둘레가 두루뭉술한 그는 체중에 신경을 쓰며, 한국 사람들은 대체로 나이에 비해 젊어 보인다며 부러워했다. 그리곤 무슨 근거에서인지 그것이 한국의 건강한 음식 때문이라고 확신하며 한식에 대해 진지하게 묻곤 했다.

반듯한 발음과 영국식 억양으로 말하는 그는 따뜻한 성품이지만 자신이 영국인이라는 자부심만은 뼛속까지 단단히 박힌 듯싶었다. 한때 영국이라는 나라는 이 지구상 면적의 3분의 1을 차지했었다. 그래서 '해가 지지 않는 나라'라는 수식어도 붙었지만, 화려한 영화가 다 사라진 지금까지 무엇이 아직도 저렇게 영국인으로서 자긍과 자부심을 느끼게 해주는 것일까.

요즈음 들어 방탄소년단BTS이니, K팝 아티스트 그리고 세계적인 클래식 음악 경연대회에서 이름을 날리고 있는 한국의 천재 피아니스트들이 온 세상을 떠들썩하게 하고 있다. 그뿐 아니라 세계적인 골프 선수들, 세상을 휩쓴 〈기생충〉 〈오징어게임〉 등 영화와 드라마의 국제상 수상 등 우리 대한민국은 소프트 파워로 이 지구를 흔들고 있다.

어찌 소프트 파워뿐이랴. 또 어찌 요즈음 들어서일 뿐이랴. 긴 역사 속에서 수없는 외세의 침략을 겪으면서도 의연히 나라를 지켜낸 우리의 저력이 이제 저렇게 꽃을 피우는 것이 아닐까. 이렇게 면면히 이어져 흐르는 훌륭한 유산을 내놓고 자랑할 만함에도 나는 대한민국 국민으로서 저렇게 깊숙한 자부심으로 세계 속의 사람들을 대할 수 있었던가.

이번에도 여러 가지 이유로 공부는 일시 중단되었다. 영어 선생님과는 명절 때나 서로 좋은 소식이 있을 때 카톡만을 나누고 있다. 비록 공부는 중단되었지만, 이번에는 확실하게 얻은 것이 하나 있다. 영어 몇 마디 배운 것과는 비교할 수 없는 가치 있는 배움이다. 나도 마음 중심에 철통같이 단단하게 내 나라에 대한 자부심, 자신감을 가지게 된 것이다.

여러 사람이 모인 자리에서 영어로 대화하는 경우, 언어장애 때문에 몇 마디 나누고 할 말이 없어지면 지레 어색해하던 내 모습이 생각났다. 그깟 언어 하나 때문에 주눅 들지 말았어야 했다. 부드러운 태도에 단단한 자신감과 자부심으로 뭉쳐져 있던 영국 할아버지처럼 나 또한 내 나라에 대한 자긍심으로 언어에 상관없이 대한민국의 나를 자신 있게 내보였어야 했다. 내가 알고 있는 작은 지식으로 유식함을 돋보이려 애쓰던 내가 아마도 '잘난 척하는 한국인 Snobbish Korean'이었을지도 모를 일이다.

옐로카드

경찰서에 출두해 '진술'이라는 절차까지 마친 후 운전면허 정지 60일을 처분받았다. 이것이 끝이 아니다. 진술 서류는 검찰로 보내져 죄과에 해당하는 벌금과 그 밖의 부가적 절차도 있을 것이라고 했다. 실로 어이가 없이 이렇게 큰 사건이 벌어졌다.

차갑고도 상쾌한 공기가 기분 좋게 뺨에 와 닿던 11월 중순이었다. 주말이라 아이들 등교시켜줄 의무에서 해방된 딸들이 브런치를 즐기자고 했다. 우리는 맛집을 골랐다. 즐겁고 행복한 절차 중 하나다. 오늘은 세련된 양식 브런치를 제치고 섬 서쪽 수월봉 쪽 한식당으로 의견이 모였다. 깔끔한 반찬에 싱싱한 해산물 솥밥을 먹고 마을의 분위기 있는 조용한 카페에서 향긋한 커피까지 마시고 집으로 오는 길, 행복감이 가슴에 빵빵하게 차올랐다.

주로 딸 차에 편승하던 내가 그날은 내 차로 딸을 중문에 내려주고 약 7,8분 거리에 있는 집으로 향하는 길이었다. 신호를 받고 좌회전하려는 순간 옆에서 내 쪽으로 갑작스레 다가오는 차를 발견하고는 방향을 왼쪽으로 틀었다. 좀 과감하게 핸들을 틀었던 것 같다. 배가 부르고 행복한 마음에 바라본 하늘이 너무 쾌청해서 마음이 들떴다면 그것이 잘못이었다. 앞의 신호 정지선에서 기다리던 차를 그만 받아버렸다.

내가 지금 무슨 일을 저지른 것일까. 조금 전 풍선처럼 부풀었던 행복감은 무참히 맨땅으로 곤두박질쳤다. 무슨 상황이란 말인가, 예고도 없이. 하기는 인생사에 예고가 어디 있겠는가. 머릿속이 하얘졌다. 얼떨떨한 채로 우선 차에서 내렸다. 상대방에게 몹시 미안했다. 나로 인해 상대방은 죄 없이 골치 아픈 일을 겪게 된 것이니 말이다.

상대방 연락에 경찰이 출동했고 보험회사 직원이 왔다. 가까운 마트에 갔던 둘째딸도 풀 죽고 긴장된 내 전화 목소리에 놀라서 달려왔다. 황급히 달려온 딸은 먼저 상대방 차의 찌그러진 범퍼와 내 차의 운전석 귀퉁이가 찌그러진 모습을 살펴보았다. 또 이리저리 오가며 경찰과 보험사 직원에게 사건을 열심히 설명하는 상대방 부부의 모습과 좀전의 기어들어가듯 하던 목소리와는 달리 그 새 기운차리고 싱싱하게 서 있는 내 모습을 살폈다. 그러고는 다치지 않아 다행이라 생각했는지 차라리 안도하는 표정이었다.

경찰도 바삐 왔다갔다 조사하더니 나에게 '잘못은 했지만 있을 수 있는 일'이라 했다. A 필러에 가려 안 보이는 사각지대가 있다고 오히려 위로 섞인 설명도 했다. 보험회사 측도 자신들이 다 알아서 처리하겠노라고 너무 걱정하지 말라고 했다. 상대방 부부에게도 혹시라도 몸이 불편하다면 병원 진료를 받도록 권했으나 괜찮다고 했다. 이렇게 일은 깨끗이 마무리지어졌다.

이번 사고로 나는 내심 많은 반성을 했다. 그동안 귓등으로 흘려버렸던 남편과 딸들의 내 운전버릇에 대한 충고를 새삼 떠올렸다. 예전에 내 운전습관을 탐탁지 않게 여겼던 남편은 "당신은 잘하는 운전도 아니면서 꼭 택시운전사처럼 해"라며 운전을 좀 조심스럽게 하라고 당부하곤 했다. 그때 남편 앞에서 '전가의 보도'처럼 휘두른 말이 있다. "여보, 그래도, 나, 여태껏 무사고 운전인데, 당신은 사고 몇 번 냈었잖아요." 이 한마디면 남편은 더는 아무 말도 하지 않았다. 남편에게 그렇게 야무진 반박을 했던 것도 통렬히 반성했다.

사고가 마무리된 후 사흘이 지나서였다 오후 한나절에 낯선 전화가 왔다. 서귀포경찰서라고 했다. 지은 죄도 없건만 가슴이 쿵 내려앉았다. 내가 사고낸 당사자인지 물었다. 그리곤 상대방 사람들이 전치 3주의 병원 진단서를 제출하며 조사를 다시 해달라는 청원을 넣었다고 했다. '다 마무리된 일을 가지고 굳이 이렇게까지 하다니.' 기분이 몹시도 씁쓸했다. 억울하고 화도 났다. 그러나 블랙박스 자료 분석결과는 중앙선 침범이라는 결론이 났다. 그리곤 운전면허 정지 2달이라는 통보를 받았다. 면허정지 2달이란 내 삶의 에너지

조달에 지장을 주는 가혹한 처사다. 아무 곳이나 운전하고 나가 차를 세우고 바닷가 길을 걷는 산책은 마음의 평정을 찾아주는 청량한 동력이기 때문이다.

다행히도 교정교육을 받으면 50일까지는 경감받을 방법이 있다고 했다. 생각해볼 필요조차 없이 당장 제주시 도로교통안전공단에 나가 교육받기로 했다. 예상했던 것보다 교육 내용은 충실했다. 우리 관공서가 많이 달라지고 발전했구나, 혼자 생각을 하는 중 귀가 번쩍 뜨이는 강사의 말이 들려왔다.

하인리히 법칙Heinrich's law에 관한 것이었다. 어떤 큰 사건이나 재해가 있기 전 그와 관련된 작은 사건이나 징후가 먼저 일어난다는 법칙이다. 대형 사건이 터지기 전 나타나는 전조증상은 대략 큰 사건, 작은 사건, 사소한 사건이 1 : 29 : 300의 비율로 일어난다고 한다. 이 법칙에 비추어보자면 이번의 큰 사건 전에 나는 자잘한 사건들, 알기도 하고 모르고 지나치기도 했을 사소한 범법을 수없이 했을 것이라는 의미도 포함해 생각해볼 수 있다.

순간 뜬금없이 '알고도 지은 죄, 또 모르고 지은 죄도 용서하시고….' 의미를 두지 않고 하던 기도 문구가 번개치듯 머리를 스쳤다. 그리곤 득도나 하듯 깨달음이 왔다. 냉정히 돌아보니 내게는 '알고도 위반했고 모르고도 위반했을' 사소한 범법들이 있었다. 그간 적발되지 않았을 뿐 사실 빨간 불에 그냥 지나치기도 했고, 차선위반, 속도위반뿐 아니라 불법 주차도 많이 했다.

불현듯 며칠 전 손자를 학교에 데려다주던 날 아침 일도 생각났다. 그때 건널목 앞 빨간 불이 켜졌었다. 순간 손자는 "할머니, 그냥 가요. 건너는 사람도 없고, 보는 사람도 없잖아요" 했다. "문영아, 어떻게 그렇게 할 생각을 하지? 보는 사람이 있든 없든 법은 지켜야지." 나는 손자에게 다소 실망스러운 표정까지 지으며 이 세상에서 가장 반듯하고 정직한 사람처럼 엄격하게 훈계했었다.

자동차도 적당한 시점에서 점검하듯, 나도 이쯤에서 한번 점검해야 할 때였다. 이런 생각이 드니 뒤늦게 경찰에 청원을 내서 나를 곤경에 빠뜨렸다고 생각했던 상대방에 대한 언짢은 마음이 눈 녹듯 사라졌다. 그동안 마음속에 꽉 찼던 억울함이 안개 걷히듯 사라지고 감사가 찾아왔다.

"하나님은 기도하지 않은 것까지 미리 주셨다." 어디선가 읽었던 글귀가 생각났다. 아무래도 자칫 바리새인처럼 혼자 깨끗하고 교만한 내 모습에 하나님이 '옐로카드'를 내미셨나보다.

제4장
위대한 동행

워라벨

땅 욕심이 많은 농부 바흠은 기회가 닿는 대로 땅을 넓혀가게 되지만 그럴수록 욕심은 커져만 갔다. 그러던 어느 날 바시키르 지방의 촌장과 거래해 땅을 사기로 한다.

"하루 걸은 만큼 당신 땅이 됩니다. 그 값은 1,000루블이지요."

"그렇지만 온종일 걸은 땅은 너무 넓은 땅인데요?"

"어쨌든 모두 당신 땅이 됩니다. 그런데 조건이 하나 있지요. 해가 지기 전에 출발한 곳으로 돌아오지 못하면 무효가 됩니다."

그날 밤, 바흠은 기대에 들떠 잠이 들 수가 없었다. 다음날이 밝아왔다. 바흠은 일분일초를 아끼며 걸었다. 먹지도 쉬지도 않고 달렸다. "너무 좋은 땅이야." 걸어도 걸어도 땅은 욕심났다. 어느새 서쪽으로 해가 지고 있었다. 문득 너무 많이 왔다는 생각이 들었다. "아, 해지기 전에 못 갈 것 같아." 뒤돌아 있는 힘을 다해 뛰었다. 심장이 아파서 터질 것만 같았다. 마지막 힘을 쥐어짜며 언덕 위로 뛰어올라갔을 때 촌장이 크게 소리쳤다. "참으로 대단합니다. 이제 많은 땅을 가지게 되었습니다." 그 소리를 들으며 바흠은 그 자리에 쓰러졌다. 그리고 다시는 일어나지 못했다. 하인들은 그를 묻기 위해 괭이로 무덤을 팠다. 머리끝부터 발끝까지 그가 차지하게 된 땅은 3아르신, 약 3평 정도였다.

흔히 읽어보았을 톨스토이의 단편소설 「사람에게는 얼마만큼의 땅이 필요한가」의 줄거리다. 결국 파멸로 끝난 끝없는 욕심이 정도의 차이는 있어도 우리 모두의 이야기일 수도 있다.

적당한 욕심은 발전의 동력이 된다. 가장은 돈을 벌어 가족들을 행복하게 해주기 위해 더 열심히 뛰고, 기업인은 그가 꿈꾸는 원대한 기업을 만들겠다는 욕망으로 밤낮없이 달린다. 인류의 발전이 욕심에서 비롯되기는 하나 항상 과한 것이 문제가 된다. 제어할 수 없는 욕망으로 파멸을 부르는 경우를 심심찮게 보기 때문이다.

또 하나의 이야기가 있다. 티모시 페리스의 '4시간 일하기'이다.

어느 미국인 사업가가 멕시코 작은 해안 마을에서 휴가를 보내며 물고기를 샀다. 다음날도 물고기를 사려고 어부를 찾았으나 다 팔린 터라 못 사고 말았다. 사업가는 이해할 수가 없었다.

"물고기를 더 많이 잡아서 팔면 더 많은 돈을 벌 수 있을 텐데요."

"글쎄요. 저는 아침에 충분히 자고 잠이 깨면 아이들과 놀다가 한두 시간 정도 물고기를 잡습니다. 점심 후 잠시 낮잠을 자고, 이른 저녁이면 가족들과 즐겁게 식사합니다. 밤이 되면 마을에 나가 술을 마시거나 친구들과 기타를 치며 노래를 부르고 놉니다. 제 생활은 지금 아주 만족스럽고 행복합니다."

사업가는 어부를 설득했다.

"나는 뉴욕에서 사업을 하고 있습니다. 사업이나 마케팅에는 자신이 있습니다. 당신은 더 많은 물고기를 잡아 지금보다 행복한 내일을 기약할 수 있습니다."

어부는 의아해하며 이유를 물었다.

"물고기를 잡는 데 좀 더 많은 시간을 투자해 그 수익금으로 더 큰 배를 사고, 다른 어부들에게 돈을 받고 대여할 수도 있습니다. 한 5년쯤 지나면 돈을 많이 벌어 가공공장도 세울 수 있고 당신 이름의 브랜드도 갖게 될 것입니다."

"그다음은요?"

"돈을 많이 번 뒤에는 뉴욕이나 샌프란시스코로 이사를 하는 겁니다. 그쯤 되면 당신은 사업을 다른 사람들에게 맡기고 회장을 하면 됩니다. 당신은 20년 이내에 억만장자가 돼 있을 겁니다."

"그래요? 그런 다음에는 뭘 하죠?"

"억만장자가 되면 여생을 편안하게 즐길 수 있습니다. 멕시코의 한적한 해변에 별장을 짓고 가족들과 여유를 만끽할 수 있습니다. 매일 충분한 잠을 자고, 아이들과 놀아주고, 배부르고 졸리면 낮잠을 자도 됩니다. 저녁식사를 한 뒤에는 마을에 나가 술도 마시고, 친구들과 기타를 치며 노래를 부를 수도 있습니다. 우리가 꿈꾸는 편안한 여생이죠."

어부가 마지막으로 한마디 했다

"이보시오, 사업가 양반, 당신이 보다시피 나는 지금 그렇게 살고 있소."

'사람에게 땅이 얼마나 필요한가'와 얘기가 사뭇 다르기는 해도 두 이야기가 다 '욕망과 만족'이라는 주제로 삶의 행복에 대해 말하고 있다. 행복은 욕망과 성취의 함수관계를 이룬다. 그러므로 행복하기 위해 손쉬운 방법은 욕망의 크기를 낮추면 된다. 멕시코 어부처럼 크게 벌지 않아도 소박한 것에 만족하면 큰 욕망이 없으니 행복지수는 높아진다. 그러나 욕망이 크면 성취의 크기도 커져야만 한다.

과도한 욕심으로 인해 파멸로 가서는 안 되겠지만. 아무런 욕심이 없는 '무욕無慾'도 문제가 되지 않겠는가. 모든 사람이 다 이렇다면 세상은 발전이 없을 터이니. 그러기에 욕망을 조절하며 만족을 얻는 적정한 선, 너무 나태하지 않은 적정한 선을 찾는 것은 중요하다.

어느 날 손자와 부엌 테이블에 앉아 이런저런 얘기를 나누었다. 하루하루 발전하는 손자의 정신세계를 마주할 수 있어 행복한 시간이다. 대학입시를 앞둔 손자는 돈 버는 방법에 대해 관심이 많고, 전공도 '비즈니스'로 하겠다고 한다. 얘기 끝에 요즘 한창 세상의 뉴스를 만들어내는 인물들 이야기도 해가며, 또 어쩔 수 없이 할머니로서의 충고가 나왔다. 인생에서 성공하려면 얼마나 치열하게 살아야 하는지 등. 손자는 대뜸 "할머니, 나는 그렇게 일만 하면서 살지 않을 거예요. 적당히 즐기면서 살 거예요. '워라벨'이라는 게 있잖아요" 하며 내 말에 동의하지 않았다.

요즘 MZ세대는 '워라벨'이라는 단어를 자주 사용한다. 워라벨의 본질은 '시간의 균형'이 아니라 '해야 하는 것work'과 '하고 싶은 것life' 사이의 균형이다. 우리에게 필요한 것은 '그저 일하지 않는 휴식'이 아니라 '자기 내면을 좋은 에너지로 채우는 의식적 휴식'이다. '워라벨'이라는 단어가 마치 '일도 적당히, 그리고 적당히 즐기기'로 오해되는 것 같아 아쉬웠다.

이곳 제주에는 육지의 젊은이들이 내려와 개성을 갖춘 레스토랑을 비롯해 규모는 작아도 매우 창의적인 사업을 꾸려가는 것을 종종 볼 수 있다. 개중에는 취미를 살린 기발한 아이디어를 가지고 작지만 알뜰하게 사업을 하고 있어 마음으로 응원하기도 한다.

그런데 이들에게 공통점이 있다. 다 그런 것은 아니지만 대체로 작든 크든 본인의 사업에 몰두하는 치열함이 없어 보이는 것이다. 식당을 운영하면서도 마치 카리브 바닷가의 어부처럼 음식을 팔며 정기휴일이 아닌데도 이유 없이 영업을 쉬거나 재료가 떨어지면 바닷가로 나가 낚시도, 서핑도 즐기곤 하는 식이다. 무언가 살 방법을 마련해놓는 것이 우선이라는 기성세대적 사고를 하는 나는 '언제 돈을 벌어 비축해 궂은날의 대비를 할 수 있을까?' 하는 오지랖 넓은 걱정을 하기도 한다.

부와 행복에 관해 연구한 미국 펜실베이니아대학 교수팀이 132개국을 대상으로 50년간 분석한 결과 부와 행복은 정비례한다는 결과(2008년)를 보여줬다. 결론은 돈이 많다고 무조건 행복한 것은 아니지만, 돈이 많으면 행복할 가능성이 커지는 건 사실이다. 선택의 여지 없이 행복도를 올리기 위해서는 소득을 올리도록 하는 게 우선이라는 얘기도 된다.

어려운 시절을 겪어온 기성세대에게는 벌어서 안정된 기틀을 갖추는 것이 삶의 우선 과제였다. 돈이 반드시 행복을 보장하지는 않아도 생활안정이 없이는 행복해지기가 어렵기 때문이라고 생각해서다. 돈이 곧 자유이기도 했다. 피폐한 경제 속에서 가발공장, 봉제공장, 머나먼 독일에 광부, 간호사로 나가 가리지 않고 억척스럽게 일했다. 먹고사는 것이 절체절명의 과제였던 때였으니까.

우리 손자, 손녀들을 포함해 요즘 젊은 세대, 소위 MZ세대는 풍요 속에 자라났다. 기성세대가 겪은 가난이 무엇인지 모르고 자랐으니 얼마나 다행스러운 일인가. 다른 세상에서 자랐기에 가치관도 다르다. 게다가 기성세대가 따라가지 못할, 현세대를 살아갈 특성을 구비하고 있다. 아쉬운 것은 풍요 속 어려움 없이 자란 세대 특유의 노력과 투지보다는 안이함만을 추구하는 경향이 보이기도 한다. 편안함만을 추구하는 삶이 미래를 바꾸기 힘들지 않을까. 욕심이 지나쳐 삶의 소소한 행복을 놓치는 것도 문제지만 투지가 없는 삶이 풍요로운 미래를 보장해주지 않을까봐 우려되는 것이다.

어려운 시절을 겪어낸 나는 어쩔 수 없이 취미와 하고 싶은 일을 먼저 하기보다 우선 먹고사는 것, 살아남는 방법을 먼저 해결하는 것이 순서라는 생각을 하게 된다. 그런 다음 진정한 의미의 '워라벨'을 찾아야 하는 것이 아닐까. 이런 생각 또한 꼰대의 발상일까.

후진국에서 살던 조부모와 개발도상국의 부모가 선진국에서 자라난 아이들을 가르치려 하니 쉽게 소통이 안 된다는 말도 있으니 나도 잘 모르겠다.

돌담

동창들과 트레킹을 다녀오는 길이었다. 돌아오는 길목, 남원에 사는 연자 선배가 잠시 집에 들러 차 한잔하잔다. 대문을 열고 들어가니 아담한 정원 입구에서 '아가판서스' 무리가 우리를 반겨주었다. 오후의 비낀 태양 아래 탐스럽게 꽃을 피운 '아가판서스'의 맑은 보라색이 아스라이 환상적으로 비쳤다. 자그마한 정원에는 초록 잔디가 폭신하고 마당 둘레로는 타고 올라온 넝쿨에 달린 작고 구부정한 오이가 정겨웠다. 연보랏빛 아가판서스에 반해버린 나는 마음속으로 그 꽃을 몹시 탐냈는데 따듯하고 엽렵한 선배는 후하게도 분양해주었다. 뒤꼍에서 그윽한 향을 내뿜는 바질과 보라색 창포도 덤으로 얻어왔다.

받아온 꽃과 허브를 이튿날 아침 일찍부터 마당에 심기 시작했다. 생각과 달리 꽃 몇 포기를 심기가 쉽지 않았다. 호미질과 삽질로 온몸은 땀에 비 오듯 젖고, 젖은 옷은 몸을 착착 감았다. 그렇게 온 나절을 다 보낸 후에야 겨우 끝이 났다. 본시 화산폭발로 이루어진 섬이라 돌이 많겠거니 생각하지만, 막연히 알고 있는 것과 실제 경험은 또 다른 일이었다. 제주 땅은 흙과 돌이 반반이라는 말도 있듯 호미 끝에 돌이 걸리고 삽은 땅에 들어가지 않는다. 다행히도 화산재의 기름진 땅 덕인지, 습하고 온화한 기후 탓인지 심어놓은 식물들이 잘 자라주어 감사할 뿐이었다.

이곳 사람들은 그 많은 돌을 골라내 돌담을 쌓는다. 밭과 들에 담을 쌓아 네 땅과 내 땅을 구분하고, 작물 보호와 함께 소, 말의 농경지 훼손도 막는다. 목장은 가축의 무단이탈을 막기 위해 돌담을 쌓고, 집으로 들어가는 골목 사이에는 올레 담을 쌓는다. 모든 경계선이 돌담으로 구분지어진다.

돌담은 이런 실용적 기능뿐 아니라 심미적 기능 또한 탁월하다. 올레 담 너머 만나는 푸른 바다, 검은 현무암 돌담과 어울린 환상적 색채의 노란 유채. 밭의 작물들 또한 돌담과 어울려 신선한 연두와 초록으로 땅의 생명력을 한껏 뿜어내 보인다. 이른 봄, 돌담 밑에 돋아난 새봄의 앙증맞은 생명. 여기저기 아우성치던 꽃들이 다 지고 난 후에도 혼자 남아 겨울 초입까지 피어 있는 금잔화는 서리 내린 검은 돌담과 어울려 애잔하리만치 선명해진다.

이렇게 제주 정서를 품어내는 돌담을 보며 처음에는 그 아름다움과 정겨움보다 허술해보이는 모양새에 놀랐다. 구멍이 숭숭하고 엉성하게 쌓여 있는 돌담은 누가 툭 건드리기라도 하면 허물어질 듯 보였다. 바람이 센 이곳에서 저렇게 허술한 모양새로 과연 태풍은 견디어낼까. 그러나 돌담의 위력을 어느 날 무시무시한 태풍이 지나가고 난 뒤 깨닫게 되었다.

제주의 바람은 상상을 초월한다. 섬의 중심에 위풍당당 버티고 있는 한라산이 바람을 막아주지 못하는 섬의 양옆 끝자락으로는 유난히도 바람이 세게 불어제친다. 그래서인지 동쪽 성산 주변이나 서쪽 모슬포 주변의 바람은 더 유난스럽다.

게다가 국토 남단의 최전방에서 해마다 몇 차례씩 겪어내야만 하는 태풍은 어떤가. 사람도 날릴 만한 위력으로 섬을 할퀴고 지나가는 태풍에 이 섬이 몽땅 쓸려가지 않을까, 얼핏 공포감조차 든다. 그러나 그 무서운 바람이 지나간 후에는 무슨 일이 있었냐는 듯 태평하게도 다시금 나뭇잎은 햇살에 빛난다. 삼킬 듯 무섭게 으르렁대며 덮쳐오던 파도도 순하게 내려앉는다. 바다는 또다시 햇살에 부서져 은빛으로 반짝이는 것을 바라보노라면 대자연의 거칠고 심술궂음에, 또 장엄함에 그저 경외감을 느낄 뿐이다.

몇 년 전, 무섭게 불어닥치는 바람에 서귀포 월드컵경기장 철골이 휘었다. 단단하게 고정된 경기장 지붕도 일그러졌다. 바닷가 골프장의 키 크고 단단한 야자수도 허리가 무참하게 부러져 보기가 민망했다. 펜션을 운영하는 지인은 지붕에 고정해놓은 태양광 장치가 일부 떨어져나가 손을 봐야 한다고 했다. 그러고 보니 강하고 완벽하다고 생각한 것일수록 그 거대한 힘을 맞서서 이겨내지 못하고 부러지거나 꺾이고 말았다. 하지만 막상 태풍에 허물어지리라고 생각했던 허술한 돌담은 아무 탈이 없었다.

구멍이 숭숭 난 돌담이 단단한 콘크리트 벽을 이긴 것이었다. 아니, 모든 걸 다 받아 흘려보낸 넉넉한 포용이 한 치의 오차도 잘못도 용납하지 않는 거만과 완벽함을 넘어선 것이라고 해야 할까.

세상의 이치도 이와 같지 않을까. 한 치의 틈도 없이 완벽하게 방어를 하며 모든 것을 막아낼 수 있다는 생각이 어쩌면 틀린 것일 수 있다. 완벽하다고 생각했던 것의 진실은 무엇일까. '완벽은 타인의 시선을 의식하며 허점을 감추고자 하는 노력이므로 자신을 힘들게 하고 파괴할 뿐'이라는 심리전문가 브레네 브라운의 말을 생각해보게 된다. 진정한 힘과의 연결은 스스로에 대해 불완전함을 포용하는 데서 나온다고 했다. 다소의 부족함은 나머지를 채워주려는 주변 사람들로 인해 오히려 성공의 문에 더 가까이 갈 수 있다고도 했다.

허술한 듯 바람에 길을 내어주고 소통하며 오히려 자신을 단단히 지키는 돌담을 보며 커다란 지혜를 얻는다.

자유와 자존

어린 시절 어머니가 차려주신 밥상은 풍성했다. 봄이면 냉이, 달래로 시작해 초여름에는 아버지가 좋아하시던 머위나물, 풋마늘무침, 한여름엔 뜨거운 햇살 아래 자란 싱싱한 푸성귀가 식탁에 계절을 올려놓았다. 가을로 접어들면 토란국, 인삼만큼 몸에 좋다는 가을무를 툭툭 썰어넣고 고기와 함께 푹 끓여낸 곰국, 우엉이나 연근을 비롯한 뿌리채소 조림 등. 제철 재료로 마련한 식탁이 가족의 건강을 지켜주었음은 말할 것도 없다.

어머니는 마치 내 성안에 있는 백성들을 잘 먹여야만 한다는 신성한 의무를 행하듯 식구들의 음식 관리에 정성을 쏟으셨다. 그것은 어머니의 책임이자 또한 어머니 식의 가정을 꾸려가며 누리는 권한이었다.

유대인의 결혼에서는 신랑 신부 중 한쪽이 이방인일 경우, 안주인이 될 여자가 유대인이면 신랑 쪽이 비록 이방인일지라도 유대인

가정으로 인정한다. 그러나 반대의 경우, 신부가 이방인이라면 남자가 정통 유대인일지라도 자격을 얻지 못한다고 한다. 한 가정에서 여자의 영향력이 얼마나 지대한지 말해주는 유대의 풍습이다. 그 힘이 어디에서 나오는 것일까. 부엌을 장악하고 그곳에서 만든 음식으로 식탁을 꾸미며, 부수적으로 모든 관습과 규율을 지배하며 파생되는 파워가 아닐까.

내가 가정을 꾸민 후 나 역시 가족들의 식탁에 많은 신경을 썼다. 어머니처럼 부지런하게 제철 음식이나 채소를 식탁에 올리지는 못해도, 젊은 시절에는 요리책을 보고 연구하며 영양과 오감의 충족을 위한 음식을 만들어내기 바빴다. 내가 돈을 쓰는 순서는 항상 의식주 중 '식'이 우선이었다. 나는 내 부엌에서 가족들 먹을 음식을 만들며 여기다가 큰 의미를 부여했다.

'약식동원藥食同原', '약과 음식은 본래 한 뿌리이니 음식을 잘 먹으면 병도 낫는다.' '먹은 것이 바로 그 사람이다' '식생활이 잘못되어 병원에 입원이라도 하게 되면 세상에서 가장 비싼 침대에 자야만 한다' '건강한 정신세계도 건강한 식생활로부터 시작된다' 등 식생활의 중요성을 강조한 글들은 다 편집해 엮어서 엥겔지수가 높은 나의 생활방식을 합리화시켰다. 이렇게 식생활을 중시하는 내 생각은 나이가 든 지금도 변함이 없다. 일본의 '항노화의학' 보급의 일인자인 미쓰오 다다시는 '수익률이 가장 높은 인생 투자는 식사'라 했다. 평범한 식사를 투자의 개념으로 풀이한 그의 철학과 '식생활이 인생의 많은 것을 보장한다'는 그의 말에 전적으로 공감하기 때문이기도 하다.

이곳 제주에서 둘째네와 집을 짓기로 하고 설계를 시작했을 때 두 집을 붙여 부엌은 하나만 만들자는 남편의 의견과 달리, 나는 때에 따라 어울려 식사를 같이하고 평소에는 따로 부엌을 사용해야 한다고 주장해 지금의 독립된 두 개의 부엌으로 마무리했다.

딸네와 나는 식사 때면 각기 취향대로의 식탁을 마련한다. 딸은 가끔 맛있는 음식을 만들어 예쁜 접시에 담아 내게로 보낸다. 나는 손자들이 좋아할 만한 음식을 만들어 옆의 딸네로 보내기도 한다. 그러나 피자나 치킨, 또는 자기 아버지 고향인 중국 시안Xian 식의 음식에 익숙한 손자들에게 내가 만든 음식이 그다지 인기 있는 것 같지 않다. 그런데도 나는 가끔 평생을 해오던 버릇대로 지난 날 남편과 세 딸과 함께, 또는 손자들도 함께 나누던 대가족 분량의 음식을 만들고는 남은 음식을 보며 큰 낭비를 한 듯 아까워하기도 한다. 자연스레 내가 만들어내던 예전의 화려한 식탁은 차츰 사라져간다.

둘째사위는 가끔 혼자 식사하게 되는 나를 보며 제발 식사만은 함께하자고 간곡하게 말한다. 사위 말대로 차라리 식사를 딸에게 의존하는 것이 나을까. 곰곰이 생각해보았다. 하지만 그렇게 한다 해도 현실적으로도 불편한 점이 많을 것 같다. 내가 먹고 싶지 않을 때도 식사 시간을 지켜야 하고, 또는 배가 고파도 기다려야 하고, 생선을 먹고 싶을 때 고기를 먹어야만 하는 등 이런 원초적 불편함에서 시작되어 식생활이 예속되면 나머지 생활도 정서적으로 예속될 것만 같다. 마치 경제적으로 자립하지 못했을 때 자유롭지 못한 것처럼 말이다.

어느 날 이곳의 동창들과 트레킹 후 점심식사 하러가는 길이었다. 대학에서 강의하다가 이제 남편과 함께 새로운 귤 품종개발에 열중하는 건실한 농장주, 후배 귀숙 씨가 마침 음식점 가는 길이 자기 집을 지나가는 길목이라며 구경시켜주었다. 서귀포 보목마을에 있는 동네는 아직 제주의 토속 풍습 속에서 궨당들이 모여 살고 있다고 했다. 집은 본채가 있고 그 옆으로 부엌 딸린 작은 살림채가 하나 더 있었다. 현재 남편과 사는 본채는 예전에 시어른들이 살던 집이고, 이제 혼자 되신 시어머님은 아들의 결혼과 함께 본채를 내어주고 옆의 부지에 부엌 딸린 방을 따로 만들어 그리로 이동했다 한다. 그것이 제주 풍습으로 특별한 가족 행사가 있지 않은 한 시어머니는 누구의 간섭도 받지 않고 항상 자신이 원할 때 원하는 음식을 만들어 드시기 때문에 자유롭고, 후배는 시어머니의 식사에 신경을 쓰지 않아도 되므로 자유롭다고 했다.

"바로 이거야" 하는 생각이 들었다. 각자의 부엌을 지키며 누리는 자유. 자유는 여기서부터 시작되는 것이 아닐까? 나의 독립적 삶을 유지하는 법, 내가 원하는 시간에 내가 원하는 것을 먹고, 내가 원하면 바다에 나가 전복을 따오고, 내가 원할 때 동네 마실 나가고, 채소밭에 나가 푸성귀를 거두고, 모든 것을 내 마음대로 할 수 있는 자유. 이 자유는 내 부엌에서 내 음식을 해결하는 것으로부터 파생되는 자유일지도 모른다. 이미 제주 여인들이 당당해보이는 이유도 부엌과 무관하지 않을 것이다.

식사를 어떻게 할 것인가. 식사를 같이하자는 사위의 말에 굳이 괜찮다고 잘라서 말하기도 어렵고, 그렇다고 식생활을 의존하는 것도 내키지 않던 차에 제주식 부엌을 보며 내 머릿속에서는 간결하게 결론이 났다. 집에 돌아와 딸에게 제주 풍습을 설명해주었다. 얼마나 현명한 방식인가. 딸도 수긍했다.

자식들이 모두 저마다 제 가정을 꾸미고 나간 빈 둥지일망정 나는 이제 나만의 식탁을 오롯이 준비하며 '수익률이 가장 높은 인생 투자'를 한다. 자유롭고 충실한 나의 하루를 위하여.

세 딸

와인은 분위기로 마신다. 짙고 붉은 벨벳 빛깔의 와인이 부드러운 곡선의 유리잔에 찰랑대는 관능에 나는 벌써 아늑한 기분으로 빠져든다. 마치 팽팽하게 조였던 줄들이 느슨하게 풀어져 편안해지듯 마음도 여유로워진다. 진하고 원숙한 풍미, 묵직한 타닌 감, 더스트 향, 자두, 살구, 블루베리, 감초, 후추 향 등. 흔히 애호가들이 말하는 미묘한 향과 맛의 예술성을 음미하기도 전에, 이미 마음이 취하는 것이다.

그날도 아마 그랬을 것이다. 하루가 지나가며 거뭇한 어둠이 슬슬 내리는 저녁, 딸네 집으로 건너갔더니 와인을 따르던 사위가 반색하며 레드 와인을 건넸다. 둘째딸과 함께 우리 셋은 서로 번갈아 각자 좋아하는 음악을 블루투스로 연결해 성능 좋은 스피커로 볼륨을 한껏 높이고 감상했다. 무슨 대화를 했는지는 생각나지 않지만 하루를 마감하고 앉아 즐기던 와인과 우리를 감쌌던 편안함과 달콤

함의 순간만은 명료하다.

내 집으로 건너와 침대 옆 의자에 걸터앉아 라디오 스위치를 켰다. 클래식 FM에서는 누구의 곡인지 감미로운 멜로디가 흘렀다. 고개를 의자 뒤로 젖히고 몸을 의자에 파묻은 채로 음악을 듣다가 부엌으로 나가 싱크대 아래 두었던 술을 한잔 따랐다. 홀짝, 홀짝, 기분은 약간 몽롱하지만 달콤했다. 지나간 모든 일이 영화의 장면 지나가듯이 섬세하게 머릿속을 스치기도 했다.

이제 음악을 끄고 자야겠구나. 일어나 라디오에 다가가는 순간 전기코드 연결선이 발에 걸려 넘어지고 말았다. 넘어지면서 하필이면 가구 모서리에 오른쪽 뺨을 세게 부딪쳤다. 몹시 아팠지만 늦은 밤에 별 도리가 없어 그냥 눈을 붙였는데 통증 때문에 새벽 일찍 잠이 깼다. 거울을 보니 오른쪽 뺨이 크고 흉하게 부풀어 있었다. 아침에 내 얼굴을 마주친 딸은 눈을 크게 뜨고는 놀라며 도대체 어떻게 된 것인지 물었다. 30분 거리에 사는 큰딸이 둘째의 전화에 놀라 달려왔다. 서울에 있는 막내 또한 애타게 전화하며 빨리 서울로 오라고 재촉했다.

온 식구를 놀라게 한 이 해프닝이 한 집안의 연장자이자 어머니로, 손자들의 할머니로, 장모로 그다지 품격이 있는 행동은 아니었다. 평소 고상한 척했던 만큼 체면은 더 구겨졌고 부끄러웠다. 그런데 그 와중에도 딸들의 각기 다른 반응이 재미있었다.

한집에 사는 둘째딸은 내 얼굴을 보자 안타까워하며 자초지종을 들더니 "엄마 미안해, 미안해"라는 말을 되풀이했다. 무엇이 미안하다는 말인지. 내가 실수했고 내가 다친 것인데…. "엄마, 엄마 마음이 그런지 몰랐어." 두 눈에 물기가 어린다. 내가 즐기면서 와인을 마셨고, 그것도 미진해서 혼자 한잔 더 마시다가 실수를 한 것뿐인데. 아마도 엄마가 얼마나 외로웠으면 또 이렇게 술을 마셔야만 했을까 생각한 것 같다. 그 헤아림에 이번에는 내 눈에 눈물이 고였다.

둘째의 전화에 달려온 큰딸의 얼굴은 좀 엄격하다. 감정은 젖혀두고 이성적으로 물었다. 혹시 얼굴 뼈가 손상됐는지, 충격으로 이는 괜찮은지, 그러면 서울의 단골 치과로 가는 게 나을 것인가 등을 묻더니, 우선 이곳 치과에 가서 점검하라며 치과 예약부터 시작한다. 마치 해결사 같은 딸이 든든하기는 해도, 아니 내가 이렇게 다쳐도 아무렇지도 않은가보네. 슬쩍 서운한 마음조차 들려고 했다.

막내는 아침부터 초지일관 서울로 빨리 오라고만 한다. 치과도 다니던 치과에 다녀야 하고, 일단은 이곳에 와야 그 외 일도 해결할 수 있다고 하면서.

부모의 사랑을 차지하려 애쓰던 어린 딸들이 어느새 자라 이젠 내 보호자가 되었다. 아이들에게는 한때 부모인 우리가 우주이고, 남편과 내겐 우리 아이들이 세상의 전부였던 때가 엊그제 같은데. 각각의 개체를 넘어 서로 사랑이라는 감정으로 이루어진 건강한 가족이 있어 인간 세상은 살 만하고 오랜 세월 존재해온 것인지도 모른다. 마치 수십 조의 세포가 유기체로 뭉쳐 몸체를 만들고 건강한 몸체들이 헤쳐나가며 이 세상을 유지해가듯이.

우린 가족이란 이름으로 소소한 일에도 같이 웃고 기뻐하며 걱정하고, 아이들의 작은 성취에도 경탄했다. 아이들이 타온 개근상에도 뛸 듯이 기뻐하고 피아노 반주상을 탔다고 좋아했으며 달리기를 잘한다고, 스키를 잘 탄다고 행복해했다. 또한 아이들의 작은 상처에는 가슴이 먼저 무너졌고, 별것 아닌 일도 별것으로 느끼며 아파하고 기뻐하고 환호했다.

한 상에 둘러앉아 밥 먹으며 우리의 히스토리를 만들어내는 사랑의 조합. 그래서 힘든 세상일망정 거뜬하게 살아내게 하는 동력의 원천, 가족이란 그런 것이었다.

나는 가끔 엉뚱한 생각을 해본다. 아브라함이 야곱을 낳고 야곱이 이삭을 낳고, 끝없이 낳고, 낳고 해서 인류는 이렇게 존속 되어온 것일까? 생육하고 번식하라는 준엄한 하나님 말씀을 완성시키기 위해서 나에게까지도 생은 이어져온 것일까. 그러려고 하나님은 험난한 삶 속에서도 세상이 지탱해갈 수 있도록 '가족'이라는 것을 주셨고 '사랑'이라는 가장 달콤한 미끼를 주셨을까. 이렇게 종족번식이라는 임무를 성취할 수 있도록 행복의 미끼를 주신 것일까.

하나님은 또한 하늘의 기쁨을 누리기 위한 트레이닝 장소로 가정을 주셨다 한다. 이곳에서 천국을 누리지 못하면 천국에서도 마찬가지라 하셨으니 이 세상이 바로 천국이 될 수도 있는 것이 아닐까.

그렇다면 트레이닝 장소라고 하기에는 난도難度가 너무 낮다. 가족의 사랑과 위안이 주는 행복은 그 어떤 시련조차 거뜬하게 딛고 일어설 버팀대가 될 수 있으므로.

위대한 동행

TV 채널을 이리저리 돌리다가 한 채널에 고정했다. 요즘 한창 인기를 끌고 있는 철학자가 생활과는 멀리 있는 철학을 우리 옆으로 가져와 친근한 목소리로 들려주고 있었다. '사랑'에 관한 강의였다. 사랑은 상대방을 위해 수고하며 그것이 기쁜 것, 상대방을 위해 물질과 돈을 그리고 시간을 내어주며 아깝지 않은 것이라 했다. 누가 이쯤을 모르랴. 그러나 그다음 이어지는 말이 귓가에 남았다.

인간의 모든 감정은 증명해보일 수 있어야 하며 사랑도 증명해보일 수 있어야만 사랑하는 것이라 한다. 상대방에게 할애한 시간의 길고 짧음, 수고의 크기와 심지어는 물질로도. 이제 꼰대시대의 '내 가슴을 열어 사랑을 보여주어야겠느냐?' 등의 말은 설 자리가 없어졌다. 추상적으로만 생각하던 사랑을 이렇게 계량해서 증명하면 되는 것이므로. 시원하게도 수긍이 갔다.

셋째사위를 만났다. 지금 미국에 방문교수로 나가 있는 딸에게 전해줄 물건이 있다고 잠시 보자고 해서다. 딸은 손자 녀석을 데리고 나가 있고, 사위는 짬을 내 처자식을 만날 계획이었다. 그런데 뜻하지 않은 코로나사태로 해외여행 후 2주 격리 조항이 생겼고, 사위는 여행 후 다시 2주씩이나 병원을 쉴 수는 없는 상황이라 먼저 내가 대신 딸과 손자를 보고 오기로 했다.

사위는 나를 만나자마자 딸에게 전달할 물건부터 건넸다. 포장한 모양새를 보니 한눈에 보아도 값나가는 물건인 듯 보였다. 나는 출가한 딸이기는 해도 내 딸에게 돈 아끼지 않고 자신의 마음을 보내는 사위가 고마웠다. 하지만 한편 병원 개업을 한 뒤로는 주말도 쉬지 않고 일하는 사위가 안쓰러워서 한마디 했다.

"쉬지도 않고 힘들게 일하면서 왜 이렇게 비싼 물건을 샀어?"

"어머니, 저는 보영이를 위해 쓰는 돈은 얼마가 되었든 아깝지 않아요."

다소 쑥스러운 듯 말하며 웃는 사위 얼굴이 환했다. 나는 '상대방을 위해 쓰는 돈이 얼마가 되어도 아깝지 않다'라는 사위의 말이 계속 귓가에 맴돌며 마음이 애잔했다. 꼭 자식 자랑하는 푼수 장모 같아 몹시 쑥스럽기는 하지만. 그때 나는 저렇게 상대방을 위해 수고하면서도 행복하다는 사위가 진정 행복한 사람이라고 생각했다.

모든 걸 내어주어도 아깝지 않으면 그것이 사랑이다. 동화 속 세상처럼 이렇게 끝까지 살 수 있다면 얼마나 좋으랴. 이 동안만큼은 주는 것이 기쁨이요 행복일 터이니, 노력하지 않고도 매일 천국이 아니겠는가. 그러나 인생이 어디 그렇게 설탕만으로 버무려진 것이던가.

안타깝게도 이 세상의 사랑은 절대자의 사랑과 부모의 사랑을 빼면 대체로 '기브 앤드 테이크'로 이루어지는 것이므로. 게다가 남녀간의 사랑에는 호르몬의 요술이라는 사랑의 유효기간이 끝이 나게 되면 자연스레 서로 주고받는 것들의 계산이 시작된다.

특히 결혼생활에서는 '내가 공들인 시간과 수고에 비해 네가 나에게 준 것은 너무 작다'라는 계산이 시작되며 불공평을 느끼고 다툼이 시작된다. 작은 것에서도 불만은 시작되고, 자잘한 일상의 현실에 눌려 꿈같던 사랑은 시들시들해진다. 그럼에도 결혼생활을 유지하기 위해서는 '사랑을 해야만 하는 상황'으로 돌입하는 것이다.

'사랑한다'와 '사랑을 해야만 한다'라는 것은 엄연히 다르다. 사랑할 만할 때 사랑하는 것은 누구든 못하겠는가. 눈을 덮었던 콩깍지가 벗어지고 난 후부터 진정한 사랑이 시작되는 것이라고도 했다. '사랑하겠다는 의지'로 해내는 것이라고 한다. 하지만 그것이 말대로 쉽게 되는 것이던가.

평생을 한 남자와 한 여자가 만나 살아내는 일이 쉽고 달콤하기만 하다면, 하나님도 성경 가운데서 '남편과 아내'에게 그렇게 많은 당부 말씀을 주시지 않았을 것이다. 또 서점가의 행복한 결혼생활에 관한 수많은 지침서는 왜 항상 스테디셀러가 되겠는가.

뜨거운 사랑은 지나갔으나 앞으로 평생 결혼생활은 행복하게 지속되어야만 하니, 이제야말로 지혜가 필요한 때다. 어차피 '기브 앤 테이크'의 사랑이라면 그 사실을 시원하게 인정하고 시작하는 것이다. 아주 지혜로운 기술이 필요할지도 모른다. 헤쳐나가는 묘수가. 무조건 참고 인내를 하면 좋은 날도 올 것이라는 말은 아마도 좋은 충고가 되지는 못하리라. 결국 희생한 쪽에 쌓인 불만의 씨앗이 다른 불행을 안겨줄 수 있으므로.

가족상담전문가 칼 휘태커는 가족 단위를 스포츠팀에 비유한다. 팀 정신이 있으면 어려운 일도 해내기가 쉽고, 팀을 위해 희생을 하면서도 희생이라 생각하지 않는다는 것이다. 예를 들어 야구 선수는 희생 플라이sacrifice fly를 치고, 사이클 선수팀의 선수는 리더 선수가 우승할 수 있도록 자신을 희생해 팀의 승리를 이루며 팀원 모두가 보람을 느낀다는 것이다.

이처럼 사랑하는 사람과도 파트너십을 강조한다. 각자는 남편이나 아내를 위해 또는 나 자신을 위해 그 자리를 지키는 것이 아니라, 그 이상의 무언가를 위해 그 자리를 지키는 것이다. 두 사람이 모여 두 사람 이상의 힘을 발휘하는 결혼생활은 쌍방에 보람을 느낄 수 있게 해주므로 파트너십은 행복한 결혼생활을 위한 핵심적 열쇠라 했다. 얼마나 지혜로운 처방인가.

그러나 따져보니 이 묘방 역시, 상대방을 위해 수고하고 희생하라는 말에 '보람'이라는 당의정을 살짝 입힌 것에 지나지 않음이 느껴진다. 원점으로 온 셈이다. 결국 잘 사는 방법은 가정이라는 팀을 위해 나를 아낌없이 내어주는 것으로 귀결되고 말았다.

하나님도 그것이 얼마나 어려운 줄 아시기에 '인류를 사랑하라' 하지 않고 '네 이웃을 네 몸과 같이 사랑하라'고 말씀하셨나보다. 가장 가까운 이웃 아내와 남편을.

손잡고 천천히 걷는 노부부 모습이 동화 속 그림처럼 정겹다. 저렇게 평생을 정답게만 살아왔을까. 그동안 저 잡은 손을 놓아버리고 싶은 순간은 없었을까. 애증 가운데서 기뻐하고 슬퍼하며 또한 서로 안쓰러워하며 끝내는 사랑으로 평생을 함께 걸어왔을 동행.

아름답고 위대해 보인다!

노년, 그 유쾌함에 대하여

서울나들이를 했다. 어버이날을 앞두고 있던 때였다. 막내딸이 마침 잘 되었다는 듯이 어버이날 시댁 부모님과 함께 식사하자고 하더니 다시 또 전화해 묻는다. “엄마, 우리 아버님이 식사만 하지 말고 골프도 함께 치고 점심을 같이하셨으면 좋겠다고 하셔요.” 조금 난감했다. 막내사위 덕에 사돈 내외와는 여행도 했고 골프도 함께한 적이 있기는 하지만 이번에도 또 잘하지 못하는 골프까지 함께하면 민폐가 될까 염려되어서다. 나는 차라리 ‘코로나 걸렸다고 할까’ 하는 생각까지 해보았다.

아침 일찍 근교의 골프장 라운지에서 멤버들과 간단히 아침식사를 했다. 바깥사돈과 사위 딸, 그리고 내가 멤버다. 식사를 마치고 스타트 홀로 내려가 우리 차례를 기다리는데 사돈은 무언가를 백에서 꺼내더니 골프공 한 꾸러미와 드라이버 샷 티를 하나씩 나누어

주었다. 각자 자신의 공과 티를 준비했는데도 무언가 선물이다 싶으니 기분이 밝아진다. 골프공은 상표가 붙은 공이 아니고 실용성 있게 쓸 수 있는, 언젠가 슈퍼마켓 계산대 앞에서 봤던 공이었지만 상당히 질이 좋아 보였다. 사돈의 소탈한 성격이 느껴져 한순간에 마음이 편해졌다. 드라이버 샷을 날릴 때 쓰는 티에 달린 작은 줄은 반짝이가 박혀서 바닥에 꽂으니 어린이들 신발 밑창에 붙은 반짝이처럼 반짝거렸다. 나도 모르게 웃음이 쿡 나왔다. 어제부터 모자란 내 골프 실력 때문에 안 그래도 어려운 사돈에게 부담이 될까 망설였는데, 긴장되었던 마음이 눈 위에 따듯한 물을 부은 것처럼 녹아버렸다.

사돈은 언제나 유쾌해서 사람을 편안하게 만든다. 무심한 듯하지만, 항상 상대방에 대한 배려가 있다. 며느리의 잘 날아간 샷에 유머 섞인 칭찬을 아낌없이 하는가 하면 홀컵 바로 앞에서 아쉽게 멈춘 며느리 공 앞에 다가가서는 발로 땅을 한번 구르기까지 했다. 그렇게 하면 진동으로 공이 홀컵으로 들어간다며 발을 구르는 노년의 모습이 애교스럽기까지 했다. 아들이 날린 공이 페어웨이를 벗어나 안 보이면 아들 따라 이리저리 공을 찾아다니는 부자의 모습은 꼭 청국장을 덜어내도 떨어지지 않고 길게 이어지는 끈적한 실처럼 끈끈해 보이기도 했다. 나 또한 이런 모습들을 보며 유쾌하고 편한 마음으로 공을 날리니 실력과 상관없이 공도 잘 맞았다. 함께하는 모든 사람이 즐거웠다. 바깥사돈의 작은 배려와 베풂, 포용, 따듯한 사랑이 이렇게 모두를 즐겁게, 주변을 환하게 해준 것이다.

한국전쟁 때 월남해 갖은 고생 끝에 대학을 졸업했고, 직장생활 후 사업을 일군 그는 어떤 고생도 무서울 게 없다며 밝고 자신감 넘치는 목소리로 자신이 살아오며 겪은 고생을 며느리에게 무용담처럼 얘기한다. 큰 어려움을 모르고 자란 딸애는 그런 고생 끝에도 유머와 활기가 넘치는 시아버님의 모습에 감동하며, 존경스럽다고 내게 말하곤 한다. 한국전쟁을 겪은 세대치고 고생하지 않은 사람이 어디 있겠는가마는 그가 조금 다른 것은, '나 때는…'으로 시작하는 소위, 요즘 젊은이들이 말하는 꼰대의 권위의식이 없다는 점이다. 그는 사업체를 자식에게 넘기고, 동네 문화센터에 나가 배운 컴퓨터 실력으로 자식들에게 필요할 만한 정보를 일목요연하게 정리해 건네기도 한다. 몸에 배어 있는 부지런함으로 작은 일도 젊은이에게 도움을 주고자 한다. 노년인구의 비율이 갈수록 높아지는 세대에 이렇게 주변을 밝혀주는 노년이 많아지면 세상도 밝아질 듯싶다.

젊은이들에게 노인과 연결된 단어를 선택하게 한 결과 '쓸쓸함, 허무, 소외, 무기력, 가난, 지루함 등…' 주로 부정적인 단어들이었다는 조사 결과가 있다. 이런 어두운 단어 대신 인생의 오랜 경험에서 나온 지혜, 포용, 따스함, 베풂과 같은 단어를 먼저 떠 올릴 수 있는 노년이라면 얼마나 바람직하겠는가.

얼마 전 유쾌하고 건강하던 바깥사돈이 갑작스레 중환자실에 입

원하는 불상사가 생겼다. 심장에 이상이 생겨서 응급수술을 앞두고 있었다. 딸에게서 전해들은 이야기로는 중환자실로 면회하러온 안사돈을 바라보며 "나, 괜찮대"라는 말을 되풀이했다고 한다. "나, 괜찮대." 이 짧은 두 음절이 내게는 아주 긴 이야기로 들리는 듯했다. 아마도 짧은 말속에 녹아서 함축된 형체도 알 수 없는 수많은 마음의 절절함이 느껴져서일까. 걱정하는 안사돈을 안심시키기 위한 배려의 마음과 스스로 안도하는 마음, 또는 나는 아직 사랑하는 당신과 사랑하는 가족과 이별할 준비가 안 되어 있는데…. 등의 복잡한 마음이 섞여 응축된 말이 아니겠는가.

살다보면 소중한 사람과 '이별이 올 수도 있겠구나' 하는 불안감이 먹구름처럼 뒤덮을 때도 있다. 그럴 때 우리는 평소 마음속에 감추었던, 아니, 스스로조차 모르고 지내왔던 가슴 밑바닥의 진실을 깨닫게 되는지도 모른다. 사무치도록 소중한 가족에 대한 애틋한 사랑을….

바깥사돈은 큰 수술 후 건강을 신속하게 회복하고 거의 일상으로 돌아왔다.

러시아 사실주의문학의 대표 작가인 안톤 체호프는 톨스토이를 만난 이후 그의 인간적 매력에 몹시 끌렸다. 그러고는 그 후로 혹여 톨스토이가 세상을 빨리 떠날까, 항상 걱정했다고 한다. 실상 그런 걱정을 했던 체호프가 먼저 세상을 떠났고 톨스토이는 그 후로도 오래 살았지만 말이다.

그간 식구가 모두, 마치 톨스토이를 향한 안톤 체호프의 걱정과도 같은 마음으로 그의 건강이 빨리 회복되기를 바라고 기도했다. 모두에게 그런 마음을 느끼게 해준 그는 분명 누구에게나 환영받는 행복한 노년임이 틀림없으리라.

심바

딸네 집에 새 식구가 들어왔다. 이름이 '심바'란다. 영화 〈라이언 킹〉의 귀여운 사자와 비슷해 이름을 심바로 정했다고 한다. 생후 1개월의 심바는 포메라니안 종 특유의 부드럽고 풍성한 털과 내 주먹만 한 작고 귀여운 얼굴이 앙증맞았다. 애완견을 키워보자는 손자들의 간청을 미루다 못해 딸과 사위가 아이들과 함께 가서 입양해온 녀석이다.

심바는 온 식구의 사랑을 독차지했다. 복도 많은 녀석이다. 제가 이 집을 선택해온 것도 아니건만, 마치 요즘 세태 속 금수저처럼 넓은 집을 온통 차지하고는 주인의 사랑을 철석같이 믿고 오만방자하다. 문 하나를 사이로 옆에 사는, 집안 연장자인 나를 보고는 오히려 가끔 짖기까지 한다. 마치 제가 주인이기라도 한 것처럼. 나 역시 심바가 짖어도 개의치 않는다. 어차피 나 또한 강아지에게 정을 주는 일은 절대 없을 터이므로.

딸들이 어릴 적 강아지를 한 마리만 키우게 해달라고 졸랐다. 당시 지방 대학에 강사로 나가며 학위논문에 살림까지 하느라 정신없이 바쁘던 나는 강아지까지 돌보는 것은 능력 밖의 일이라고 절대 반대했다. 아이들은 자기 아빠를 졸라댔다. 딸들 성화에 어느 날 남편이 지인의 집에서 강아지 한 마리를 분양받아왔다. 강아지 키우기를 반대했던 나였지만 생후 바로 어미를 떠나 생면부지의 집으로 입양되어온 강아지가 가여웠다. 한 줌 솜뭉치처럼 작고 몽실한 녀석이 꼬물거리는 모습은 애처롭기까지 했다. 우리는 미키마우스처럼 작고 귀여운 그 녀석의 이름을 '미키'라고 지어줬다.

한 손안에 들어올 듯 보드랍던 강아지는 하루가 무섭게 쑥쑥 자라더니 얼마 만에 완전 성견이 되었다. 아뿔싸, 그런데 크고 보니 집안에서 키울 수 있는 애완견이 아니었다. 시골집 마당 한구석에 매어놓아 집을 지키거나 맘껏 뛰어야 하는 잡종견이었다. 밖에 데리고 나가 산책이라도 시킬라치면 지나가는 사람에게 달려가 짖는 바람에 몹시 당황했고 나는 연신 미안하다고 사과하기 바빴다. 남편은 안 되겠다고 생각했는지 다시 분양받았던 집으로 돌려주자고 했다. 강아지 입양을 반대했던 내가 이번에도 또 반대했다. 그 새 정이 들어 도저히 보낼 수가 없었다. 미키는 그렇게 천방지축이다가도 틈나면 항상 내게 기대왔다. 음식을 만들고 있는 부엌 싱크대 옆에 다가와 내 다리에 살며시 체중을 싣기도 하고, 논문 준비하느라 책상에 앉아 있는 내 발밑으로 살포시 기댈 때면 녀석의 따듯한 체온이 전해오기도 했다. 그러다가 눈길을 주면 용케도 알아채고 눈을 반짝이며 내 무릎으로 껑충 뛰어올라 나와 눈을 마주쳤나. 교감이 이루어지기 시작했다. 녀석도 희로애락 감정이 있었다. 그렇게 감정이 통하는 녀석에게 어느새 정이 폭삭 들어버렸다.

그러나 안타깝게도 아파트 아래층에서는 강아지 짖는 소리가 시끄럽다는 불평이 연이어 들어왔다. 나 또한 박사논문의 데드라인을 코앞에 두고 어쩔 수 없는 결단을 해야 했다. 손아래 동서의 지인 집에 당분간 맡기기로 했다. 달포가 지나고 참을 수 없이 보고 싶어 남편과 함께 미키를 맡겨놓은 집을 찾아갔다. 집 앞에 차를 대고 서성이는 순간 녀석이 쏜살같이 달려나와 내게 안겼다. 잠시의 해후, 그리고 다시 논문을 끝내고 오기로 했다.

논문을 마치기가 무섭게 미키가 좋아하는 먹이를 싸들고 집 앞에 다가가 이름을 불렀다. 이름 부르는 소리에 총알처럼 튀어나왔을 법한 미키가 아무런 기척이 없다. 갑자기 불길한 마음이 들었다. 그런 느낌은 왜 그렇게 맞아드는 것일까. 미키가 감기로 죽었다고 했다.

그 사랑스러운 생명체가 세상에서 사라졌다니. 이제 어디로 가서 그 존재를 만날 수 있을까. 분명 희로애락으로 교감했던 생명이었는데. 사람은 하늘나라에서 영혼으로 다시 만날 수 있다지만, 이제 미키는 어디에서 만날 것인가. 나는 절망 속에서 한동안을 헤어나오기가 힘들었다.

식구들이 외출하고 이 지붕 아래에 나와 심바 둘이 있다. 저쪽 딸네 집을 지키던 심바가 요란하게 짖어댄다. 무엇 때문일까. 건너가 보았더니 거실 창에 비친 제 모습을 보고 짖고 있다. 밖이 이미 어두워 창이 거울 노릇을 한 것이다. 자신이 누구인지조차 모르는 존재. 하지만 제 모습을 모르는 것이 어찌 강아지뿐이랴.

다시 심바가 잘 있나 슬쩍 들여다본다. 커다란 소파에 주인 행세하며 오도카니 앉아 있던 심바가 나를 보더니 쪼르륵 달려온다. 입에는 무언가를 물고 있다. 공던지기 하며 같이 놀자는 얘기다. 식구들이 다 모인 자리에서 귀염을 받으며 오만불손하던 태도는 찾을 수가 없다. 그렇게 한참을 같이 놀고 이제는 좀 정이 들었나 했더니 자기 주인인, 딸이 들어오자 팍 안기고는 또다시 새침하게 고개를 돌린다. 아쉬울 때는 자존심 내려놓고 찾더니만.

우리 집 부엌에서 고기 굽는 냄새라도 나는 날에는 정확히 알고 우리 집을 방문한다. 떡 부스러기라도 놓치지 않겠다는 듯 딸네 집과 분리된 문 앞에서 일단 끙끙거리는 소리로 문을 열라고 신호한다. 반응이 없으면 발로 문을 툭툭 치기까지 하며 기어이 들어온다. 작은 것이라도 먹을 기회는 절대 놓치는 법이 없다.

가끔 녀석은 문이 열려 있으면 우리 집에 들어와 어슬렁거리기도 한다. 우리 집에는 강아지 배변판을 두지 않기 때문에 카펫을 더럽힐까봐 내보내려 하는데 도무지 말을 듣지 않는다. "이리와 너희 집 가자." 내가 먼저 문밖으로 나가 이리저리 구슬려도 요지부동이다.

나오는 듯하다가 문 앞 바로 2미터쯤에 딱 멈추고는 꿈쩍 않는다. 매번 이 전술을 쓴다. 나를 올려다보는 쪼그만 녀석의 눈빛이 제법 단호하다. 짧고 통통한 다리에 곰 인형처럼 작은 발을 마룻바닥에 굳건히 딛고 서 있는 폼도 만만치 않다. 내게 협상하자는 것이다.

협상조건은 딸네 집 식탁 위에 놓아둔 닭고기를 말린 영양식이다. 내 얼굴을 빤히 바라보며 내 입에서 우리끼리만 통하는 협상의 단어가 떨어지기를 기다리는 것이다. '협상의 단어' "모 하나 줄까." 말이 떨어지기 무섭게 녀석은 식탁으로 바람처럼 날아가 맛있는 음식, 말린 고기를 기다리고 있다.

손님이라도 오는 날이면 심바 때문에 집안은 난리가 난다. 덩치 큰 남자 손님이 오면 무서워 뒷걸음질 치며 짖고, 조그만 아이는 만만하게 여기며 물어댈 듯이 내달아 아이는 무서워 울어젖힌다. 강자에게 약하고 약자에게 강한 못난이. 저 작은 머릿속에 무엇이 들어 있을까.

2층에서 1층으로 오르락내리락 팔팔하게 온 집을 누비던 녀석이 계속 계단 앞 복도에 배를 깔고 엎드려 있다. 벌써 사흘째이다. 데리고 들어오면 조금 있다가는 또 그 자리에 가서 계단 아래를 하염없이 바라본다. 배가 차가울 것 같아 담요를 바쳐주었더니 이제는 아예 계단 쪽을 바라보며 그 자리에 모로 누워버렸다. 마치 상사병에 걸려 몸져누운 것처럼. 해외로 여행 간 주인인, 딸을 기다리는 것이다. "심바야, 너희 엄마 오늘 안 와." 아무리 말한들 알아듣기를 하나. 먹고 살겠다고 제 나름 꾀를 부리던 저 얄팍한 녀석 어디에 또 저런 깊숙한 정이 들어 있었을까. 가엽고 사랑스러운 녀석. 다시는 강아지에게 정을 주지 않겠다고 다짐했건만. 나도 모르겠다.

내 손자 문영

저게 저절로 붉어질 리는 없다/ 저 안에 태풍이 몇 개/ 저 안에 천둥이 몇 개/ 저 안에 벼락이 몇 개/ 저게 저 혼자 둥글어질 리는 없다/ 저 안에 무서리 내리는 몇 밤/ 저 안에 땡볕/ 두어 달/ 저 안에 초승달 몇 날 (「대추 한 알」, 장석주)

한지붕 아래 사는 둘째손자 얼굴을 요사이 쉽게 볼 수가 없다. 손자는 자신감이 넘쳤다. 우선 학업 성적이 우수하고, 학생 대표들의 모임에서 중심 역할을 하며 리더로서의 모양새도 갖췄다. 그런가 하면 한 학기 마칠 무렵 학교의 자유 콘서트에서는 또래에서 유행하는 노래를 온몸으로 열창하며 무대를 흔들고 학생들을 열띤 분위기로 몰아넣기도 했다. 나는 밝고 자신감 넘치는 손자가 대견스러웠다. 긴 인생을 저렇게만 살 수 있다면 얼마나 좋을까.

그러나 인생이라는 게 그렇게 녹록할까. 사는 길에 어찌 햇살 비치는 날만 있으랴. 가다가 풍파도 만나고 돌부리에 걸려 넘어지기도 하는 것이 인생일진대. 손자도 살아가노라면 비 오고 천둥 치는 날도 만날 것인즉 손자가 가는 길에 피할 수 없는 시련이라면 부디 작은 고난으로 끝나기를, 그 안에서 깨달음은 깊고 커서 단단한 인생으로 여물기를 바랄 뿐이었다.

그런데 그 시련이(분명 손자에게는 큰 시련일 테니) 좀 빨리 왔다. 본인이 꿈에도 가고 싶어하던 대학 입시에 실패했다. 자신감이 넘치던 손자는 바로 얼마 전에만 해도 내게 말했었다. “할머니, 나, ○○대학교에 들어가면 할머니도 친구분들에게 자랑하실 만하겠지요?” 하고 물었다. 나는 “무슨 대학에 가든 네가 다니는 학교가 할머니에게는 제일 좋은 대학이 될 것 같아. 좋아하는 일을 하면서 네가 행복하면 그뿐이지. 중요한 건 이 세상 누구에겐가 도움을 줄 수 있는 사람이 되는 것이란다”라고 했다. 이 나이를 살아보니 무슨 대학을 졸업했든 그것이 무어 그리 중요하던가. 하지만 대답은 이렇게 하면서도 이왕이면 누구나 인정하는 대학이라면 그 또한 좋지 않겠는가 하는 생각도 했다. 그것이 바로 얼마 전 일이다.

손자 문영에게는 나름대로 항상 뛰어넘고 싶은 존재가 있다. 바로 한 살 위의 형이다. 문영의 형, 큰손자 문준이는 키가 훌쩍 클 뿐 아니라 길거리를 지날 때도 생면부지의 연예기획사 사람들이 손을 내밀며 끈을 연결해보려 할 정도로 눈에 띄는 외모를 갖췄다.

형과 비교해가며 자신이 형만 못하다고 생각하는 동생 문영은 누구나 알아주는 번듯한 대학의 합격증을 내밀며 자신의 존재감을 인정받으려고 했던 것 같다. 그것으로 항상 형에게 밀리는 자신의 존재를 확실하게 드러내려던 계획이 무참히 좌절되고 만 셈이다. 그 손자가 하염없이 울면서 자신감 넘치던 큰 목소리도 얼마간 들리지 않았다. 식사 때 딸 집으로 건너가 보아도 식탁에 손자 얼굴이 보이지 않았다. 딸 말은 애가 요즘 소화가 안 되어서 밥을 잘 먹지 않는다고 했다. 그렇게 무엇이든 잘 먹던 애였는데. 걱정스러운 내 표정에 딸은 "괜찮아요, 내버려두세요. 엄마. 다 그렇게 해서 커가는 것이지요"라며 걱정하지 말란다.

손자 나름의 마음 추스름은 꽤 오래 걸렸다. 그로부터 두어 달이 지나니 손자가 여럿이 모여 있는 식탁에도 나타났다. 얼굴은 좀 야위었으나 짧다면 짧은 그 사이 많이 성숙해보였다. 약간 들뜬 듯싶던 자신감 대신 차분하고 묵직한 겸손이 엿보인다.

그러던 어느 날 저녁이다. 딸애와 손자, 두 모자의 조용한 대화가 들려왔다. 본의 아니게 숨죽이고 듣게 되었다.

"엄마, 나 정말 엄마 아빠에게 자랑스러운 아들이 되고 싶어요."

손자가 예전에 없던 낮고 차분한 목소리로 말했다. 한마디 한마디에 가족과 엄마에 대한 사랑과 자신의 소망이 겹겹이 절어 있었다.

"문영아, 너는 벌써, 그리고 언제나 나에게 자랑스러운 아들이야."

딸이 정겨운 목소리로 대답했다.

시련을 견디며 풍성한 열매를 맺게 할 뿌리가 한층 깊게 내린 것 같다. 비바람을 견딜 채비도 해가는 것 같다. 하나님은 세상 사람들이 입에 올리는 하버드대학이든, S 대학이든 소도시의 이름 모를 작은 대학이든, 대학에는 아무런 관심을 보이지 않는 것 같다. 그곳이 어디이든 오로지, 튼튼하게 뿌리 내리고 풍성한 열매를 맺어 나눌 수 있기를 원하시는가보다.

제5장
내 인생의 화양연화

행복의 조건
추모공원의 쇼스타코비치 왈츠
노랑나비
멜로디, 나에게 말을 걸다
플래티넘 사랑
퀘렌시아
나의 연인들
포지타노의 노을
내 인생의 화양연화

행복의 조건

한창 젊었을 때 일이다. 남편과 외출하고 돌아오는 길이었다. 한강을 끼고 달리던 차 안에서 바라보는 바깥 풍경이 신선했다. 오후 햇살이 보석을 흩뿌린 듯 강물에서 부서지고 밤섬의 무성한 나무는 산들바람에 초록 잎새를 흔들었다. 내 기분도 덩달아 아늑해졌다. 나는 운전하는 남편을 바라보며 "풍경이 너무 예쁘다!"는 말로 그 기분을 전했다. 거기까지는 좋았다. "여보, 우리, 돈만 쪼끔만 더 있으면 진짜 행복하겠지?" 좀 생뚱맞은 말이었다. 남편은 '돈이 쪼끔만 더'라는 말은 못 들은 것인지, 그 말쯤은 신경쓸 필요가 없다고 생각했는지, 아니면 아내가 꺼낸 '행복'이라는 단어만을 확대 해석을 했는지 이내 얼굴에 미소가 번졌다.

항상 그래왔다. 나는 행복해지는 데 꼭 토를 달았다. 갓 결혼했을 때는 좀 더 큰 평수의 아파트로 이사할 수 있으면, 좀 더 멋진 가구를 살 수 있으면 행복할 것 같았다. 아이들이 커감에 따라 아이들

학교 성적이 우수했으면, 좋은 대학에 입학했으면, 딸들이 좋은 배우자를 만났으면…, 하나의 목표가 완성되면 곧 그 다음의 목표가 득달같이 달려나왔다. 충분히 좋은 상황 속에서도 끝없이 대기하고 있는 조건들 때문에 현재의 행복은 유보되었다.

마치 산 정상에 올라가면 무언가 있으리라 기대하며 산길 모퉁이에 피어 있는 야생화도 바람에 살랑대는 나무 잎새의 속삭임도, 골짜기에 돌돌 흐르는 개울의 찰랑거리는 소리에도 무심한 채 그저 저 위를 바라보며 오르는 사람처럼.

개인사업을 하겠다며 일하던 금융계를 떠난 남편에게 재운이 닿았는지 재정적으로 넉넉한 부를 안겨주었다. 내가 언젠가 내건 '돈이 쪼끔만 더 있으면'이라는 행복조건은 넘치도록 충족되었지만, 나는 생각처럼 행복하지 않았다. 경제적으로 풍요로운 가운데서는 나름대로 치러야 할 대가가 많았고 권위적으로 변한 듯한 남편 모습이 낯설어 갈등했다,

'부富'라는 것은 제가 갈 곳을 잘 찾아다니는 이동이 심한 생물체여서 영원히 내 곁에 있어 주지도 않았다. 돈에도 인격이 있어 가치를 알아주는 자에게로 자리를 옮긴다더니 돈을 다루는 데 미숙했던 우리 손에서 순식간에 빠져나갔다. 적지 않은 손실이 있었고 경제적으로 엄청난 타격을 받았다. 한동안 당혹했고 위기감을 느꼈으나 웬걸, 불행하지 않았다. 오히려 어려운 가운데서 우리 두 사람은 하나로 결속되었다. 유독 아내 앞에서 잘나고 싶어하는 남편이 겉으

로는 저리도 대범한 듯하나 '가족'이라는 멍에를 지고 애태울 속내가 헤아려져 연민이 느껴졌다. 다시 일어나 열심히 뛰는 그에게 감사했고 아직 일어설 기회가 있음이 감사했다.

어려운 가운데서 생겨난 작은 감사와 사랑 속에 행복이 숨을 쉬고 있었다는 건 뜻밖이었다. 만족을 모르는 마음속에서 숨죽이고 있다가 비로소 기지개를 켜며 살아난 행복, 그건 삶의 조건과 무관하게 마음가짐 따라 눈치껏 오고가는 것이었다.

돌이켜보면 남편과 강변 드라이브를 하며 밤섬의 나뭇잎이 바람에 살랑대던 모습을 보며 아름답다고 생각한 그 순간이 행복이었다. 또한 크지 않은 아파트에서 아이들과 함께 엉켜 침대에서 소파에서 뒹굴고 식탁에 둘러앉아 함께 음식을 나누던 순간 등, 소소한 기쁨과 즐거움을 준 자잘한 경험들이 행복이었다.

행복은 애써 살아온 인생 끝자락에 얻어지는 보상도, 저 산등성이에 올라가 마침내 얻을 수 있는 무엇도, 무지개를 좇아 그 끝 어딘가에서 찾아내는 보물 항아리도 아니었다. 산등성에는 아무것도 없고, 무지개 끝 어딘가에도 보물은 없다. 행복은 내 마음 울타리 안에 숨겨져 있었다. 산길을 걸으며 길섶에 피어난 작은 꽃을 보며 그 향기에 감탄하는 순간이 행복이고 미풍에 살랑대는 나뭇잎의 미세한 떨림을 느끼며 바람 소리에 귀 기울이고, 숲속의 청량한 공기를 들이마시며 살아 있음에 경탄하는 그 순간이 행복이었다.

지금, 이 순간 행복을 놓치고 미래를 위해 현재를 소홀히하는 삶을 산다면 아마도 죽을 때까지 행복은 유보될 수밖에 없으리라. 행복해지고 싶다면 바로 지금 행복해야 한다.

다시금 나는 내 마음을 찬찬히 살펴본다. 지금, 이 순간이 행복한지.

추모공원의 쇼스타코비치 왈츠

"너는 흙이니 흙으로 돌아갈 것이라." 추모동산 동판에 새겨진 구절을 새삼 마음속에 새기며 간절한 기도를 드리는 중이었다. 어디서 나지막하게 경쾌한 왈츠가 들려온다. 아주 익숙한 곡이다. 그러나 지금 이곳에서 들려야 할 음악은 아니다. 깜짝 놀라 옆을 보니 딸, 사위와 손자손녀는 각기 머리를 숙여 기도드리고 있다. 고개를 돌려 뒤를 보니 맨 뒤에서 둘째사위가 준비해온 듯싶은 음악을 모두가 기도하는 시간에 백그라운드 음으로 조용히 들려주고 있었다. 진지하고도 경건한 얼굴이었다.

남편 기일에 가족 모두가 추모동산에 모이기로 한 며칠 전, 둘째사위가 아버님이 무슨 음악을 즐겨 들으셨냐고 물었다. 다소 뜬금없는 물음이기는 했지만, 얼핏 생각나는 곡 하나를 아무 생각없이 알려주었다. 쇼스타코비치Shostakovich의 〈세컨드 왈츠Waltz No2〉라고 대답하고는 나는 정작 잊고 있었다. 둘째사위는 다들 머리 숙여기도하는 자리에 장인어른께서 좋아하던 음악을 함께 들려주고 싶어서 물었나보다.

사실, 남편은 클래식 음악보다는 우리 가요를 좋아했다. 매주 월요일 KBS에서 김동건 아나운서가 진행하는 〈가요무대〉의 열성 팬이었다. 무슨 일이 있어도 그 프로그램을 놓치는 법이 없었다. 나는 그 프로그램을 그토록 좋아하는 편은 아니어서 남편이 시청하고 있는 프로그램을 왔다갔다하며 건너다볼 뿐이었다. 지난 날 화려하게 무대를 장식했던 원로 가수들이 나와 한때 유행했던 노래를 부르는데, 듣고 있으면 가끔은 감흥이 느껴질 때도 있었다.

그중에도 기억에 남는 노래는 가수 김정구가 부르는 '두만강 푸른 물에 노 젓는 뱃사공'으로 시작하는 노래였다. 노래를 들으며 나는 이제는 가볼 수 없는 푸르고 도도하게 흐르는 두만강을 연상하기도 했다. 또는 목소리에 한껏 바이브레이션을 넣어 부르는 현인의 〈신라의 달밤〉 정도가 생각난다.

남편이 암투병을 시작한 후 둘째딸은 어디서든 편히 쉬면서 아빠가 좋아하는 음악을 들을 수 있도록 아이패드를 선물했다. 남편은 그 아이패드를 가지고 주로 유튜브로 음악을 들었는데 들려오는 음악은 더는 그가 즐겨듣던 흘러간 가요가 아니었다.

"두만강 푸른 물에 노젓는 뱃사공 내 님을 싣고 떠났던 그 배는 어디로 갔소 그리운 내 님이여 언제나 오려나"

애조띤 가사가 더는 들리지 않았다. 투병하는 동안 취향이 바뀌었는지 밝고 경쾌한 음악만을 주로 듣고 있었다. 그중에도 가장 많이 들려오는 음악은 쇼스타코비치의 왈츠였다. 유튜브 동영상에서는 밝고 경쾌한 멜로디에 맞추어 화사하게 무도복장을 갖춰 입은 남녀가 넓은 홀에서 춤추고 있었다. 동영상을 건너다보며 마치 나 또한 무도장에 나온 양, 환자와 함께하며 지치고 힘들던 마음이 잠시 밝게 전환되기도 했다.

남편 역시 투병 중의 답답한 현실을 벗어나 마음이라도 화사하고 경쾌한 곳으로 훨훨 날고 싶었는지도 모르겠다. 그 마음이 어떤 것인지 너무나 잘 알기에 가슴이 아렸다. 또는 TV의 〈클래시카CLASSICA〉라는 유선 채널을 거의 고정해놓고 거실에 나오면 TV를 켰다. 그 채널은 평상시 내가 좋아하는 프로그램이 많아 즐겼으나, 관현악 음이 남편에게 시끄럽게 들릴 수도 있다는 생각에 거의 듣지 않고 있던 채널이다. 거기서는 주로 〈카를로스 클라이버Carlos Kleiber〉가 오케스트라를 지휘하는 모습을 매우 열중해서 바라보는 듯했다.

남편은 오케스트라 연주를 보며 내게, 이 다음에 다시 태어난다면 멋진 군인이 되던가, 아니면 저런 지휘자가 되고 싶다고도 했다. 남편의 성격상 강직한 군인이 된다면 어울릴 것 같기는 하다. 언젠가 롬멜 장군의 영화를 보며 멋지다고 감탄했던 기억도 나니 말이다. 그러나 클래식 음악애호가도 아닌 남편이 왜 지휘자가 되고 싶을까 하는 생각이 잠시 들었다. 가만히 보니 지휘자의 넓은 이마와 얼굴 모습이 남편과 닮은 구석이 많이 있었다. 맘껏 팔을 휘두르며 아름다운 하모니를 완성해내는 지휘자 모습에 자신을 투사하며 잠시 자유로움을 느껴서였을지도 모르겠다. "당신하고 저 지휘자가 많이 닮았네…" 그때 이렇게 기분 좋은 칭찬이라도 한번 할 것을 그랬다. 남편은 칭찬에 약해서 내가 어쩌다 작은 칭찬이라도 하면 겸연쩍은 듯 빙긋이 웃었지만 이미 환해진 얼굴은 숨기지 못했다. 왜 그렇게 칭찬 하나에도 야박했을까.

남편이 암으로 진단받으면서 눈물만 줄줄 흘리던 내게 꼭 이겨내겠다고 거꾸로 안심시키던 그가 이 지구별을 떠난 후, 나는 한동안 하늘을 끝없이 바라보는 버릇이 생겼다. 도대체 어디로 가버린 것일까. 하늘나라 어디에? 이 우주의 수많은 행성의 어디로 간 것일까. 그때 나는 미국의 9•11사태에서 희생된 영혼을 위해 작곡된 곡을 편곡했다는 〈내 영혼 바람 되어A thousand Winds〉(김효근 역시/곡)라는 노래를 끝없이 듣기도 했었다.

그곳에서 울지마오/ 나 거기 없소/ 나 그곳에 잠들지 않았다오/
나는 천의 바람이 되어/ 찬란히 빛나는 눈빛 되어/
곡식 영그는 햇빛 되어/ 하늘한 가을비 되어/
그대 아침 고요히 깨나면/ 새가 되어 날아올라/
밤이 되면 저 하늘 별빛 되어/ 부드럽게 빛난다오/
그곳에서 슬퍼 마오/ 나 거기 없소/ 이 세상을 떠난 게 아니라오 인생의 모든 답은 흘러가는 시간에 있다고 했다. 많은 시간이 흐른 후, 어느 날 막내와 얘기하다가 그런 말을 했더니 막내는 이렇게 답했다. "엄마, 너무 답답하지? 그러니까 우리는 이다음 천국에 가면 서로 소재를 알려주기로 하자. 꼭! 나 어느, 어느 메쯤 있다고." 그렇게 말하고 우리는 웃었다. 정말 그럴 수 있다면 얼마나 좋을까. 그러나 그곳은 인간의 제한된 지식으로는 상상조차 할 수 없는 곳이니 우선은 절대자에게 모든 걸 맡기기로 한다.

'너희 인생이 무엇이뇨? 잠시 보이다가 스러지는 안개니라.' 이렇게 덧없고 짧은 인생을 살면서 지금 할 수 있는 일이 무엇일까. 가장 중요한 시간은 현재이고 가장 중요한 사람은 지금 같이 있는 사람, 가장 중요한 일은 지금 하고자 하는 일이라고 했던 톨스토이의 말이 생각난다. 지금 당장 사랑하는 사람들에게 먼저 다정하고 따듯한 한마디를 건네야겠다. 게으름 때문에 혹은 꼭 말로 표현을 해야 하는 법이라도 있냐는 핑계를 대며 따듯한 말 한마디에 인색했던 습성부터 고쳐야겠다. 마치 마음이 힘들 때 바라보며 힘을 얻었던 동영상 속의 왈츠처럼, 서로 사랑의 눈인사를 나누고, 따듯한 손을 내밀며, 서로 감싸 안듯 포옹하다가, 잠시 후 다시 만나 사랑의 눈빛을 교환하고. 이렇듯 살아야겠다.

이 세상 사는 동안 나를 지탱해주었던 보이지 않는 힘, 이런저런 인연으로 얽혀서 마음을 주고받는 사람들, 내 주변의 모든 사람, 아침이면 다정한 목소리를 들려주는 딸과 가족들. 내가 이제껏 삶을 지탱해올 수 있었던 것도 이렇게 따듯하게 나를 지켜주었던 사랑의 힘 때문이었을 것이다.

노랑나비

오늘 따라 희뿌연 안개가 꽉 들어차 어렴풋이 보이는 풍경이 몽환적이다. 하릴없이 정원에 나가 잔디 틈에 자리잡은 잡초를 골라낸다. 제자리가 아닌 곳에 자리를 잡으면 잡초라더니 왜 이렇게도 많은 잡초가 남의 영역을 차지하려 뿌리를 내렸을까. 여기서는 클로버도 쑥도 예외는 아니다. 단지 잡초일 뿐이다. 어린 시절 네잎클로버를 발견하며 행운이라도 잡은 듯 환호했던 클로버의 번식력은 상상을 초월한다. 약초 노릇을 하는 쑥 또한 마찬가지다. 뿌리를 옆으로 뻗어 마구잡이로 영역을 넓혀가는 그 강한 생명력이 몸에 정기를 불어넣었던 것일까. 분명 이로운 식물인 쑥도 제자리가 아닌 곳에 뿌리를 내려 한갓 잡초가 되어버리는 것이 잠시 안타깝기는 했다. 한 손으로는 호미를, 다른 손으로 잡초를 잡고 뽑아내기를 얼마나 했을까.

어릴 적 친정아버님은 자식들에게 잡초처럼 강하게 살라고 하셨다. 부농의 둘째아들로 태어나 일본으로 유학하셨던 아버지는 일생을 곧게, 평생을 끈기 있고 성실하게 사셨던 분이다. 아버지의 인생 후반으로 갈수록 식구들은 아버지 덕으로 비교적 유복한 생활을 누릴 수 있었다. 그런 아버지의 눈에 유독 유순해 보이기만 하는 5남매가 험한 세상을 어떻게 헤쳐나갈지 우려가 되셨던 모양이다.

그런가 하면 어머니는 목에 칼이 들어와도 정직하게 살아야 한다고 늘 말씀하셨다. 왜 그렇게 '목에 칼이 들어와도'라는 무시무시한 표현을 쓰셨을까. 잡초처럼 살면서 어떻게 정직하게 살 수 있지? 어린 마음에 두 분 말씀을 조합하기가 어려웠던 적도 있었다. 지금은 거짓 없이 살아야 당당할 수 있고, 그런 마음으로 강하게 세상을 헤쳐나가라는 두 분의 마음을 이해하고 있지만 말이다.

왜 뜬금없이 아버지 말씀이 생각났을까. 평생을 선비처럼 고고하게 살던 분이 왜 굳이 그런 표현을 하셨을까. 무슨 말씀을 해주고 싶으셨을까. 모르지 않는다. 하지만 생성과 소멸이 반복되는 자연의 섭리 속에서 뭇 생명과 공생해야 하는 우주의 질서를 깨고, 그 질긴 생명력으로 아무 곳이나 점령해 마구잡이로 영토를 넓혀가는 것은 안 될 일이 아니던가.

조금 비약해서 '암적인 존재'라는 단어도 떠올린다. 암세포 또한 이와 같을 것이다. 저 혼자 살겠다고 수많은 세포의 영역을 차지하고 끝내는 모든 걸 삼켜버리는 암세포. 나는 세상에서 사람들이 가장 바람직하지 못한 경우의 인간을 놓고 왜 암적인 존재라고 말하는지, 그 표현이 참 절묘하다는 생각도 한다.

이렇게 두서도 없이 혼자 꼬리에 꼬리를 무는 생각을 끝없이 하며 풀은 어느 정도 정리가 되었다 생각될 무렵이다. 저만치서 노랑나비 한 마리가 날갯짓하며 내 쪽으로 다가온다. 그리곤 호미질하는 나를 두고 가까이서 맴돈다. 가만, 아까 풀을 뽑기 시작했을 때부터 맴돌던 나비다. 뿌연 안개 속에서 노랑나비가 유난히도 선명하고 뚜렷하게 눈에 들어왔던 터였다. 계속 마당을 배회하더니만 이제 팔랑팔랑 내게로 왔다. 아, 그게 벌써 2시간이 훨씬 지났는데, 아직도 딴 곳으로 날아가지 않은 게 신기하기만 하다. 마치 나의 풀 뽑기가 끝나기를 기다려준 것처럼.

안개 속에서 잡초를 골라내며 브레인 포그Brain Fog처럼 몽롱하던 머릿속에, 쓸쓸했던 마음에, 순간 빛이 들어오듯 따듯해졌다. 그러면서 문득 언젠가 읽었던 책 내용이 떠올랐다. 뇌의학의 권위자이고 신경외과 전문의로 이름을 떨치던 '이븐 알렉산더'가 쓴 책이다. 출간되어 한때 아마존 종합 1위에 오른 적이 있던 그 책은 죽음의 문턱에서 삶의 세계로 되돌아온 그의 임사체험에 관한 내용이다. 책 어느 부분에선가 사랑하는 사람을 잃고 슬퍼할 때 천상에서 보내는 위로가 있다고 했다. 흔히 나비가 둘레를 감싸며 주변을 도는 것도 그중의 한 표현이라고 했었다.

나는 '이븐 알렉산더'가 말한 이런 현상을 어떻게 받아들여야 할 것인지 모른다. 전혀 상상조차 할 수 없는 저 높은 곳, 경외의 영역이니 말이다. 다만 남편의 기일을 며칠 앞두고, 풀을 뽑으며 쓸쓸했던 내 마음은 선명한 노랑나비의 유영에 한 가닥 휘익 위로의 바람을 느꼈고, 마음이 편안해지며 따듯함을 느낀 것은 확실하다.

'소중한 하루를 쓸쓸하고 우울한 마음으로 보내지 말아요. 끝없는 생성과 소멸 속에서 생명을 유지해가는 우주 가운데 이 세상의 그 어느 것도 생자필멸의 굴레를 피할 수가 없다오. 우리는 모두 우주의 질서에 따를 뿐이오. 하루살이가 하루를 살던 거북이가 천년을 살던, 인간 또한 70년을 살고 가던 100년을 살고 본향으로 돌아간들, 유구한 영겁으로 보면 이 세상 모든 게 풀잎에 영롱하게 빛나는 이슬이 잠시 뒤면 사라지는 것과 같은 한순간이라오.'

노랑나비가 내 주위를 돌며 무언가 전달하듯 속삭이는 것만 같다.

오후에 둘째딸한테 정원 정리를 하던 중 내게 다가왔던 노랑나비 한 마리 때문에 따듯하게 위로받았던 마음을 얘기해주었다. 가만히 듣고 있던 딸은 내 말을 마음으로 수긍해주었다. 어떤 상황에서든 진정으로 맞장구쳐주는 딸이 고마웠다. 다소 틀린 얘기를 해도 따지고 지적하기보다는 이렇게 우선 공감해주는 딸들이 있어 나는 힘을 얻는다. 그리고 천천히 다시 생각해볼 여유도 찾는다. 울적해서 풀 죽어 있던 마음이 생기를 얻은 듯했다. 마치 시든 풀이 단비를 맞으며 생생하게 살아나듯이.

멜로디, 나에게 말을 걸다

누구나 해질녘 풍경을 좋아할 것이다. 그곳이 어디든 간에 상관없이. 석양 풍경은 해가 직각으로 날카롭게 내리꽂히는 한낮 풍경과 다르다. 비스듬히 비낀 햇살이 나무도, 집도, 그밖에 보이는 모든 것들도 부드럽게 감싸며 애잔한 노스탤지어를 불러일으킨다. 바쁘고 고달픈 하루를 끝내고 돌아와 둘러앉은 가족의 따듯한 식탁이 떠오르며 마음을 포근하고 편안하게 만들어준다.

서귀포 이마트에서 장을 보고 집으로 돌아오는 길은 지는 해를 마주하고 오는 길이다. 도로 옆으로는 제주도 토종 먼나무가 줄지어 있고, 상행선과 하행선을 분리해주는 도로 중앙에는 야자수가 하늘 높이 뻗어 이국적 정취를 자아낸다. 가로수 너머 간간이 보이는 먼바다가 지는 해를 받아 은빛으로 반짝이기도 하고 석양에 비쳐 붉은 빛으로 반사되기도 한다. 차 안의 오디오에서는 내가 평소 즐겨듣는 음악이 흘러나온다. 늦은 오후의 고즈넉한 시간, 삼라만상의 편안하고 부드러운 풍경이 어우러져 더는 바랄 것 없이 아름답고 완벽하다.

그런데 불쑥 형체를 알 수 없는 슬픔이 울컥 가슴 밑바닥에서 올라온다. 지나간 날에 대한 회한인지 붙잡고 싶었던 순간의 그리움인지, 아픔인지 나 자신도 모르겠다. 절제할 수 없이 눈물이 쏟아져 앞이 안 보인다. 그런 와중에도 '내가 이러다 사고를 내겠구나' 하는 생각에 차를 도로 옆 널찍한 갓길에 안전하게 세운다. 완벽한 나만의 공간이다 싶으니, 눈물이 봇물터지듯 흘렀다. 핸들에 머리를 기대어 얼마를 그러고 있었을까, 귀에 익은 편안한 멜로디가 귓가에 다시 들려온다.

언제부터인가 차에 타면 고정적으로 틀어놓고 다니는 모차르트의 바이올린 협주곡이다. 콘체르토 4번의 2악장이 시작되었는지 멜로디는 서정적으로 부드럽게 흐른다. 그 흐름이 다가와 가만히 다독여주듯 말을 걸어온다. '그래, 그래, 네 마음이 어떤지 다 알아.' 여태껏 옆에서 조용히 기다려주었다는 듯이. 다시 조심스럽고 따뜻하게 속삭이며 내 손을 이끈다. '그래도 인생은 살 만하지 않아? 자, 나하고 춤을 한번 추어보지 않을래?' '네 마음이 어떤지 다 알아.' 나를 있는 그대로 이해해준다는 말이 아닌가. 그 말에 알량한 자존심과 체면으로 각이 졌던 마음이 무장해제되어 녹아내렸다. 멜로디는 다시 부드럽게 또 경쾌하게 춤추듯 흐른다.

나는 음악 전공자가 아니다. 악기를 다룰 줄도 모르며 음악 이론은 더더욱 모른다. 그런데도 약 270년 전 잘츠부르크에서 태어나 35년을 살다간 천재 작곡가 모차르트가 만든 멜로디가 나를 위로한다. 남들은 도저히 이해를 못할 상상을 초월한 위로. 이것을 어떻게 설명할 수 있을까?

나는 중산층 가정에서 큰 어려움 없이 자라나 비교적 편한 인생을 살아왔는지도 모르겠다. 사람이 이 세상 사는 동안 피해갈 수 없는 자잘한 슬픔이나 아픔, 작은 고통 말고는 그 이상의 큰 상실과 아픔을 감내한 기억이 없다. 그런 내가 어찌 뼛속까지 깊은 타인의 슬픔을 이해할 수 있었을까. 대체로 사람은 자신이 겪은 고통만큼 타인의 고통을 이해할 수 있다고 했다. 어느 의사가 본인이 암에 걸리고서야 비로소 암환자의 고통을 이해하고 진정한 치료를 할 수 있었다고 고백했듯이 말이다.

나 또한 슬프고 고통받는 타인에게 의례적인 위로를 해왔는지도 모르겠다. 타인의 아픔을 이해하기보다 내 방식대로 건넨 숱한 위로의 말들, 정작 상대방의 슬프고 아픈 마음에는 가서 닿지도 못하고 공중에서 허망하게 흩어졌을 말들. 오히려 내가 생각 없이 건네었던 말들이 위로는 고사하고 상처라도 되었을까, 비로소 내가 겪은 큰 상실의 아픔 속에서 때늦은 반성도 해본다.

인간에게 큰 기쁨 중의 하나가 타인과의 완벽한 공감을 하는 것이라고 한다. 그 공감을 얻기 위해 소통의 일차적인 도구로 언어를 사용한다. 그러나 언어가 항상 소통의 역할을 만족하게 해내었을까. 특별히 상대방이 조언을 구해오지 않는 경우라면 말이라는 것은 때로 그다지 효과적인 공감의 도구가 되지 못할 수도 있지 않을까. 소통은 말로 하는 것이 아니었다. 슬픔의 곁으로 다가가 그 슬픔을 함께 공유하는 것이었다. 나에게 멜로디로 소통하고 나의 마음을 있는 그대로 공감해준 음악을 통해 깨닫게 된 것이다.

집에 도착해 차에서 내리니 둘째손자가 해맑은 얼굴로 묻는다. "할머니, 어디 갔다오셨어요?" "응, 나 이마트에서 맛있는 것 많이 사 왔는데…."

조금 전 겉잡을 수없이 흐르던 눈물은 어디로 갔는지 이제 마음은 맑기만 하다. 눈물은 슬픔도 함께 쓸어간다더니만.

플래티넘 사랑

절대 물러설 것 같지 않던 더위가 서서히 기를 꺾는 9월 초순이다. 눈부시게 투명한 한낮의 햇살이 지나가고 노을이 하늘과 바다를 붉게 물들이면, 서귀포 대포항 앞바다에는 불을 밝힌 고깃배들이 하나 둘 모여들기 시작한다. 어슴푸레한 바다는 드문드문 영롱한 빛으로 반짝이기 시작하다가 이내 속속 모여든 고깃배들로 불야성을 이룬다.

사위에 어둠이 내린 이 시간, 거실 밖 저 멀리 고깃배가 밝히는 불빛에 화려하면서도 쓸쓸한 듯 고요한 바다가 가슴 저 밑바닥에 잠재해 있던 감성을 건드리며 흘러간 세월을 떠올리게 한다. 오래 전 영화 〈길la Strada〉에서 거친 곡예사 잠파노처럼 신경이 동아줄처럼 거칠고 무딘 사람조차도 어딘가 한가락은 숨어 있을 영혼의 순수함을 마음 깊은 곳으로부터 끌어낼 것만 같이.

아름다운 풍경을 바라보며 우리는 사랑하는 사람을 또는 사랑했던 사람의 얼굴을 떠올리게 된다. 그리곤 애틋한 그리움을 느끼기도 하고 또는 허전함으로 쓸쓸해지기도 한다. 누군가는 사랑하는 대상을 상실했을 때 느끼는 고통의 크기만큼 상대방을 사랑한 것이라고 했지만. 긴 삶을 함께한 사람의 부재는 많은 세월이 지나도, 이런 날이면 그리움과 회한을 밀물처럼 가슴에 들이차게 한다. 지나간 날들을 곱씹어보며 아쉬워하거나 슬퍼하거나 하는 성격이 아니건만.

숨 쉬는 공기처럼 영원히 내 곁에 있으리라고 생각했던 남편이 떠난 후, 지금까지도 나는 남편에게 미안한 것이 있다. 남편과 아내란 서로 날줄과 씨줄이 가닥으로 얽혀 둘만의 무늬를 만들고, 그렇게 두 사람이 가정을 만들어가는 것이므로 누구 탓이라 할 수는 없을 것이다. 하지만 평소 너그러운 편이었던 남편보다는 작은 일에 투정을 많이 했던 내 잘못이 더 컸으리라는 생각에, 또 그보다 어찌 되었든 하늘나라에 자기 잘못까지 몽땅 싸서 짊어지고 간 사람 뒤에 남은 회한은 오롯이 남아 있는 자의 몫이 되었으니 말이다.

우리는 다른 가풍과 문화를 가진 가정에서 각각 31년, 또 25년이라는 세월을 서로 다른 경험을 하며 살아온 사람들이었다. 단지 사랑해서 가정을 꾸리고 삶을 함께하기로 했다고 해서 모든 게 맞는 것이 아니었다. 그런데도 그 시대, 그 흔한 일심동체라는 말의 환상에 빠져 부부는 모든 게 맞아야만 한다고 생각했었다. 지나고 보니 큰일이 있을 때는 한마음으로 합해졌으니 오직 그때가 일심동체였을지도 모르겠지만. 그 외에 우리의 일상은 친구를 좋아하고 술을 좋아하는 남편과 깨끗한 음식점에서 오붓하게 우아한 듯 먹기를 더 좋아하는 나의 취향처럼 다르기만 했다.

지금 와서 생각하니 '소와 사자의 사랑'이라는 우화처럼 우리는 각기 자신의 방식대로 상대를 대하며, 혹 다툼이라도 나면 '나는 최선을 다했다'고 당당하게 큰소리를 쳤다. 소는 자신이 좋아하는 풀을 사자를 위해 정성껏 대접하고 사자는 싫어도 사랑하는 소를 위해 참고 먹었으며, 또 사자는 사자대로 매일 소를 위해 가장 연하고 맛있는 살코기를 대접하다가 결국 폭발한 것처럼. 상대방 모습을 있는 그대로 존중하고 이해해주는 것이 사랑임을 왜 일찍 깨닫지 못했을까.

선물에도 급이 있다고 했다. 내 기준에 좋은 것을 상대방에게 주는 것은 골드에 지나지 않고, 상대편에서 그가 좋아할 만한 선물을 주는 것을 플래티넘이라고 하지 않던가. 이처럼 분명 사랑에도 급이 있다. 나의 잣대로 최선을 다하는 것이 최상의 사랑은 아니지 않는가. 누군가는 '사랑은 상대방이 싫어하는 일을 하지 않는 것'이라고 말했지만, 나는 그에 앞서 적어도 사랑한다면, 먼저 상대방의 모습 그대로를 이해하고 인정하는 것이 우선이라 생각을 해본다.

저마다 살아남기 위해 닭 볏 꼿꼿이 세우듯 강한 척 영혼까지도 팔아가며 힘들게 사는 세상에서, 단 한 사람에게라도 자신을 솔직하게 내보일 수 있다는 것은 얼마나 큰 위안인가. 그 영역은 사랑하고 사랑받는 자들만의 특권일지도 모른다. 어떤 상황에서도 내 모습 그대로를 이해하고 온전히 내 편이 되어줄 수 있는 한 사람. 그런 사람이 있다는 것은 세상 살아가는 힘을 얻게 해줄 축복이 아니겠는가.

나는 남편에게 그런 존재가 되었던가. 그는 '이해받지 못한다'는 생각에 때때로 외롭지 않았을까. 외로운 저 밤바다처럼. 참으로 뒤늦게 미안한 생각이 든다. 아내로부터 미안하다는 말 한번 쉽게 들어본 적이 없는 그가 그 마음 다 알고 있다는 듯 빙그레 웃는 것만 같다.

'나도 역시 미안하오.' 그의 목소리도 들리는 듯하다.

퀘렌시아

제주 집 설계를 의뢰할 때 특별히 신경쓰이는 공간이 있었다. 음악 볼륨을 맘껏 높일 수도 있고, 넷플릭스나 TV에서 하는 영화를 큰 화면으로 즐길 수 있는 오디오 룸을 만들고 싶었다. 남편 또한 전적으로 내 의견에 찬성하며 나보다 더 적극적으로 우리의 문화공간 마련에 마음을 썼다. 아무리 제주 섬 전체가 매혹적인 자연박물관이라 해도 문화, 예술을 즐길 시설은 서울만 못하리라는 생각에서였다. 우리는 집에서 좋은 콘서트나 영화를 큰 화면으로 즐기려는 멋진 계획으로 가슴이 설렜다. 바라던 대로 방음장치가 잘 되고 큰 화면으로 원하는 프로그램을 감상할 수 있는 조촐한 공간이 마련되었다. 머릿속으로 꿈꾸던 멋진 오디오 룸은 아니어도 충분히 만족스러웠다.

하나, 삶이라는 게 본시 그런 것이었는지 사람의 계획대로 모든 게 따라와주지 않았다. 오디오 룸에서 가끔은 손자손녀가 모여서

악기를 연주하고, 남편과 함께 좋은 영화와 음악을 즐기려던 꿈은 허망하게 날아갔다. 그와 함께 나누고 즐겨야 할 장소에서 나는 혼자 커다란 화면을 바라보며 천애고아가 된 듯 쓸쓸했다. 무기력과 허무함이 가슴속을 안개처럼 꽉 채웠다. 마치 내가 주인인 성은 이제 무너지고 광야에 내쳐진 듯 마음은 황량했다. 그러면서도 한편으론 딸과 사위들, 손자손녀, 나를 둘러싼 가족들의 사랑 앞에 상실감 속에서 헤어나지 못하는 모습을 보이는 것이 초라하고 부끄러웠다. 나는 하루에도 몇 번씩 어깨를 펴며 표면상으로 평온한 하루하루를 보냈다. 하지만 텅 빈 가슴은 모든 의욕을 빼앗아갔다. 딸들 또한 든든한 아버지를 하늘나라로 보낸 슬픔에서 아직 벗어나지 못했으련만 나는 딸들에게 마음쓸 여유가 없었다.

무엇 때문에 살아야 할까. '모든 희망을 내려놓아라. 그곳이 지옥이다'라던 단테의 말처럼 아무런 희망이 느껴지지 않은 날들, 나는 다시 살기 위해 끝없이 희망의 끈을 찾았다. 그러나 거의 반평생을 함께한 사람과 이별의 상실감에서 오는 고통은 노력한다고 쉽게 벗어날 수 있는 것이 아니었다. 그것은 흐르는 시간의 영역이었다. 일정량의 시간을 채우고서야 서서히, 참으로 서서히 나는 다시 일상의 평정을 찾게 되었다.

그때 나는 우리의 오디오 룸에서 혼자 아무 음악이든 오페라든 넋 놓고 듣다가 또 몰입하기도 했고, 무슨 영화든 뉴스든 부딪치는 대로 화면을 멀거니 보다가 빠져들기를 반복했다. 시공간을 넘어

컴퓨터 프로그램 속의 메타버스처럼 내 머릿속의 메타버스로 세상 구석구석을 돌아다니기도 했다. 어떤 오페라를 감상해도 어떤 아리아를 들어도 지나간 팝송 어떤 것을 들어도, 내가 잠자리에 들기 전 한번씩 정리하는 결론은 '제행무상諸行無常' '회자정리會者定離' '생자필멸生子必滅'이라는 세 단어였다. 무상한 세월 속에 영원한 것은 그 무엇도 없으며 모든 건 흐르고 흘려보내며 사라진다. 사람 또한 태어나면 죽고 나 또한 언젠가는 죽는다는 극명한 사실을, 전혀 새롭지 않은 사실을 인생 뒤늦게 뼛속 깊이 받아들였다. 만남과 헤어짐 그리고 이 지구별에서의 영원한 이별을.

"죽음을 생각하는 것은 무엇을 잃을지도 모른다는 두려움에서 벗어나는 최고의 길이다"라고 했던 스티브 잡스의 말처럼, 죽음을 가까이에서 생각하는 것은 예전에 그랬듯 어두움, 두려움, 음산함이 아니었다. 한때는 죽음이라는 단어만 들어도 옆에 저승사자라도 오는 양 손사래치던 내가, 죽음을 삶의 양면이라고 어렴풋이 깨달으며 오히려 더 이 세상에 열정적으로 다가가고 싶은 욕망이 솟아났다. 꽃이 아름다운 것은 꽃이 질 것을 알고 있어 더 아름답다고 했고, 황혼이 기막히게 아름다운 것은 곧 스러지리라는 것을 알기 때문이라고 하지 않던가. 서서히 마음에 온기가 돌아왔다. 앞으로 살아갈 날이 살아온 날보다 턱없이 짧다는 생각은 하루하루를 더 소중하게 했다.

나는 다시 힘차게 살기 위해 이 오디오 룸으로 내려온다. 새로이 마음을 정비하고 다시 삶을 살아갈 힘을 얻는 곳, 책과 음악이 내 삶을 녹슬지 않게 만들어주는 곳, 무디어진 감성이 새로워지는 곳. 이곳은 나의 '퀘렌시아Querencia'이다. 자신을 추스르기에도 버거웠던 내게 주변이 보이기 시작했다. 가족은 말할 것도 없거니와, 친구들도, 주변의 사람도 모두가 소중한 존재들이었다. 사람은 스스로 설 힘을 갖추었을 때 비로소 주변을 둘러볼 수 있고, 마음의 여유와 힘이 있어야 연민과 사랑을 나눌 수 있는 동물인가보다.

스페인어로 귀소본능, 안식처 등을 뜻하는 '퀘렌시아'는 투우 경기에서 투우사와의 싸움 중에 소가 잠시 쉬면서 숨을 고르는 영역을 말한다. 지친 소는 자신이 정한 곳에서 힘을 모아 기운을 되찾는다. 투우장의 소가 퀘렌시아에서 잠시 숨을 고르고 다시 싸움을 준비하는 것처럼 인간 역시 지친 심신을 재충전할 수 있어야만 삶을 지탱할 수 있는 것일지도 모른다.

인생은 생각하기에 따라서 그다지 불공평한 것만은 아니다. 부자나 가난한 자나 학식이 높거나 낮거나, 명예가 있거나 없거나, 누구나 각자의 인생을 살아나가며 형태는 달라도 거의 같은 질량의 고통을 겪지 않는가. 누구나 광야에 내팽개쳐진 듯 상처받고 마음둘 곳이 없어 헤매기도 한다. 어둡고 긴 터널 속에서 빛이 보이지 않을 때도 있다. 희망을 잃고 무기력해지기도 한다. 이럴 때 나만의 동굴에 돌아온 듯 집에서도 직장에서도, 호흡을 고르고 마음을 추스르고 살아갈 힘을 회복할 곳만 있다면, 삶은 그런대로 다시 살아갈 만한 곳으로 바뀌기도 한다.

저마다 어느 곳이든 진정한 나를 만날 수 있는 곳이라면, 다시 희망을 얻을 수 있는 곳이 있다면 세상살이가 아무리 험난해도 우리는 충분히 이 세상을 헤쳐나갈 수 있으리라. 아니 아마도 누구나 이렇게 삶을 살아내고 있는 것일지도 모른다.

나의 연인들

이곳 생활은 바쁘고 역동적인 도시생활과는 다르다. 산과 들, 푸른 바다에 둘러싸여 지내는 생활이 어쩌면 단조로울 수도 있다. 그러기에 자연이 주는 위로가 오롯이 마음에 더 다가오는지도 모르겠다. 고즈넉한 평화로움으로.

지난 봄부터 제주대학교의 수필작가반에 참여하고 있다. 감성과 지성, 거기에 영성이 있어야 울림 있는 글이 될 수 있다는 안성수 교수님의 기준과 또 갈수록 어렵게 느껴지는 수필 쓰기가 버겁기는 하다. 그러면서도 그 매력에 빠져 허우적거리며 다소 무모하기도 한 의욕으로 마음 설레기도 한다. 문우들과 어울려 서로 발간한 책을 나누어 읽는 재미도 쏠쏠하다. 또 이곳 고교 동창들과의 오름 순례, 그 밖에도 아주 원초적인 이야기로 돌아가자면 식구들과 함께 이 섬의 맛집순례를 할 수 있는 것도 소소한 기쁨이다.

그 무엇보다도 항상 큰 힘을 얻고 행복을 느끼게 해주는 것이 있다. 내가 맘껏 마음을 줄 수 있는 나의 디지털 애인들이다. 사랑의 환희만큼 고뇌하지 않아도 되는 대상이고 기쁨과 행복, 숭고함과 웅장함, 잔잔한 서정도 함께 나눌 수 있는 사랑, 음반 속의 사랑이다. 어떤 상황에서도 위로를 얻을 수 있기에 더할 나위가 없는 영원한 안식처 중 하나인 것이 틀림없으리라.

책을 어디로든 떠날 수 있는 여행권이라 하지만 음악 또한 여행권이 될 수 있지 않을까. 시간과 공간을 초월해 세상 구석구석을 돌아다닐 수 있게 해주므로. 이제 내 노년의 주요 놀이공간은 오디오룸으로 바뀌었다. 물리적으로 작은 공간이지만 이곳에서 세상 어디로든 때와 장소를 넘어 맘껏 날아다닐 수 있는 자유를 누린다.

나는 음악의 멜로디를 따라 가난한 시인 '로돌포'와 함께 파리의 어느 다락방에서 '미미'가 되기도 한다. 또 '남몰래 흘린 눈물'(도니제티 오페라 〈사랑의 묘약〉 중)을 들으며 사랑하는 여인의 마음을 얻고 감격의 눈물을 흘리는 '네모리노'의 환희를 느낀다. 청아한 '아이다'와 함께 이집트로, 또 피아노 멜로디와 함께 베르겐의 서정을 따라가기도 한다. 그 밖에도 유럽으로 러시아로 자유롭게 온 세상을 돌아다니며 그곳의 사연과 향기에 취한다. 심오한 곡을 듣기보다는 대부분은 산책하듯 아름답고 경쾌한 음악들을 들으며 가슴 벅찬 감격과 환희에 찬 아침을 맞기도 하고 가슴이 저리도록 아름다운 저녁의 노스탤지아를 느끼며 위로를 얻는다.

그래서 니체는 '음악이 없는 인생은 실수life with out music is an error'

라는 말을 한 것일까. 삶에 윤기를 더해주는 음악이 없다면 인생은 얼마나 건조하고 무의미해지겠는가. 말이 나온 김에 여기, 아마추어 음악애호가로서 내 삶을 풍요롭게 해주는 음악가와 음악을 몇 곡 소개해본다.

모차르트Wolfgang Amadeus Mozart

고등학교 시절 나는 삼촌들 어깨 너머로 음악을 들으며 클래식에 입문했다. 가까이 살던 외갓집에 놀러가면 삼촌들은 작은 라디오로 음악을 듣고 있었다. 어느 날 귀에 들려오던 멜로디가 내가 따라부르며 듣던 유행가나 팝송과는 다르게 느껴졌다. 무언지 모를 강렬하고도 힘찬 멜로디가 가슴과 귓가에 남아 맴돌았다. 그 곡이 베토벤의 〈운명〉이라고 했다. 나는 그렇게 장중한 곡을 듣는 게 클래식 음악을 즐기는 것으로 생각했다. 그보다 뒤늦게 듣게 된 모차르트 음악은 화사했다. 영화 〈아마데우스〉에서 느껴지던 모차르트의 모습 또한 같았다. 경쾌하게 웃어젖히는 모습과 그의 밝은 멜로디를 연결해 모차르트의 음악을 봄날처럼 행복하고 가벼운 음악이라고만 생각했다. 그의 음악을 즐겨듣기는 했지만, 나는 위대한 모차르트를 폄훼했다. 무지함은 그렇게도 용감하고 무례한 것인가보다.

어느 날 우연히 듣게 된 모차르트 바이올린 콘체르토에 가슴이 내려앉았다. 모차르트의 바이올린 협주곡 1번을 듣고 2번을 듣고 3, 4, 5번을 듣고 또 들었다. 화사하고 경쾌한 멜로디 저 밑으로는 우수가 서려 있었다. 고독과 슬픔이 담긴 멜로디, 동시에 따듯하게 쓰다듬어주는 선율이 마음을 조용히 다독여주었다. 상처받은 사람이 남의 상처를 치유해줄 수 있다고 했듯 모차르트의 화사한 멜로디 저 밑에서 빙하처럼 숨겨진 묵직한 멜랑콜리와 함께 따듯한 온기가 마음을 조용히 감싸안았다.

짧은 생애에 어떤 작곡가도 따르지 못할 정도로 다양한 양식의 작품을 남긴 그의 음악은 베토벤에게도 영향을 미쳤고 차이콥스키, 구스타프 말러도 그를 존경해 헌정 음악을 작곡했다 한다.

끝없는 위로를 준 그의 음악을 들으며 생각해본다. 멜로디 하나하나가 가슴을 건드리며 세포를 살아나게 만들고, 상처받은 마음을 다독여 희망을 끌어내는 예술가야말로 위대한 사람이 아닐까, 하고.

아르튀르 그뤼미오 Arthur Grumiaux

'그뤼미오' 연주는 힘차면서도 우아하다. 무심히 듣다가도 한 소절, 한 소절 맑고 명료하게 살아 움직이는 음의 영롱함에 그만 매료되고 만다. 얼마 전 반 클라이번 콩쿠르에서 우승한 임윤찬의 피아노 연주처럼 그의 바이올린 연주 또한 음 하나하나가 투명하게 살아 있다. 그의 연주는 견고하고 섬세해서 많이 들었던 곡조차도 새롭게 다가온다. 멜로디를 어느 정도 알고 있는 곡도 마치 새로운 곡처럼. 가슴 저미게 아름다운 멜로디에 이 곡이 이토록 아름다운 곡이었구나 하며 다른 연주자의 연주로 들어보기도 한다. 그의 연주에 익숙해진 나는 그뤼미오 연주에서처럼 감정이입이 쉽게 되지 않는다. 내로라하는 연주자들을 두고 아무래도 그의 연주에 귀가 길든 것 같다. 어디까지나 내 취향일 뿐이다.

누군가의 말을 빌려서 표현해보자면 '음식으로 치면 본연의 맛을 그대로 깨끗하게 살려낸, 조미료를 치지 않은 청량한 맛'이라고 해야 할까. 우아하고 힘차고 담백한 가운데 격조가 느껴진다. 모차르트 음악을 주로 듣지만, 그의 바흐나 브람스 연주 또한 울림이 남다르다. 아마도 바이올린 주자이기 전에 그의 깊은 철학에서 우러나온 음률이 그토록 사람을 매혹하는 것이 아닐까. 그가 작고한 후 세월이 꽤 되어 그의 연주 음반을 흔하게 찾을 수 없다는 점이 매우 아쉽다.

야니Yanni

마음이 내려앉는 날에는 음악도 차분하고 서정적인 멜로디를 듣는 것이 좋다. 부루흐의 〈스코티시 환상곡〉이나 슈베르트의 〈아르페지오 소나타〉는 그럴 때 효과적이다. 안개 낀 아침처럼 낮게 가라앉은 마음에는 멜로디 또한 같이 내려와 조용히 동조해줄 때 내 마음은 슬며시 힘을 챙긴다. 그럴 때 밝고 힘찬 음악으로 쓸쓸한 기분을 전환하겠다는 전략을 세우는 것은 도움이 못 되는 듯싶다. 마치 슬픔에 가득 잠겨 있는 사람에게 '인생은 아무것도 아니니 힘내요' '웃어봐요' 하며 강요하듯 마음에 부담이 올뿐이다.

그런데 예외가 있다. 야니의 〈트리뷰트〉는 마음이 한껏 들떠 있을 때도 또는 안개가 잔뜩 낀 날도 다 유효하다. 즐거운 기분은 한껏 더 살려주고 어둠침침한 날에는 슬그머니 힘을 북돋아주어 햇살에 안개 흩어지듯 저조한 기류를 분산시킨다. 마치 마음이 비타민을 복용한 것처럼. 세계 여러 곳에서 열린 콘서트에 〈트리뷰트〉는 빠지지 않고 연주되지만, 그중에서 나는 애잔한 사랑의 이야기로 채색된 인도 타지마할 궁 앞의 연주를 특히 좋아한다. 타지마할의 아름다운 대리석은 달밤에 푸른 빛으로 빛나고 그 신비한 분위기는 공연을 한껏 로맨틱하게 만들어주는 듯해서다.

치렁치렁한 머리에 훌쩍 키 큰 남자가 음악에 맞춰 어깨를 들썩거리는 모습을 상상해보라. 쉽게 매력적으로 다가오지는 않을 것이다. 그러나 야니의 어깨가 리듬을 타며 좌우로 흥겹게 들썩이고 머리를 젓힐 때마다 검은 머리가 찰랑이는 모습은 다르다. 긴 머리에 어깨를 흔드는 모습이 본인이 작곡한 곡들을 누구보다 더 적절한 감성으로 연주하는 그의 열정과 어우러져 매혹적인 예술가의 아우라를 품어낸다. 오케스트라에 맞추어 힘차게 건반을 두드리다가는 간혹 부드럽게 어루만지듯하며, 가끔 얼굴을 들어 바이올린 주자와 살짝 눈을 맞추며 씽긋 웃는 표정은 천진스럽기도 하다.

1954년 그리스에서 태어난 그는 미국으로 건너가 미네소타대학에서 심리학을 전공했다. 다시 천부적 재능을 살려 음악으로 돌아온 그는 뉴에이지계의 베토벤이라 일컬어지기도 한다. 그의 많은 곡 중 특히 동양의 위대한 문화유산에 대한 헌정의 의미를 담고 있다는 웅장하고 화려한 곡 〈트리뷰트〉는 마치 그기 자기 칭중 모두에게, 그리고 내게 바치는 음악처럼 느껴지기도 해서 특별하다.

조시 그로반 Gosh Groban

어쩌면 이렇게도 감미로운 목소리가 있을까. 온갖 시름을 다 잊게 해줄 듯 부드럽다. 아마도 그 목소리로 사랑의 고백을 듣는다면 세상을 등지고라도 따라가고 싶을 것 같다. 그가 부르는 수많은 노래가 다 감미롭지만, 그중에도 압권인 노래가 있다. 앤드류 로이드 웨버의 〈팬텀 오브 오페라〉 중 단연 대중에게 인기를 독차지한 곡 〈올 아이 애스크 오브 유All I ask of you〉, 라울이 사랑하는 여인 크리스틴에게 속삭이는 노래다. 멜로디를 들으며 나는 행복해진다. 노래 가사 또한 그의 노랫소리만큼 달콤하다.

> 더 이상 어둠은 말하지 말아요./ 내가 당신을 자유롭게 해줄 거예요let me be your freedom./ 나 여기 있어요. 당신을 지키고 인도하기 위해서/ 깨어 있는 매 순간 나를 사랑한다 말해줘요./ 그게 제가 당신에게 바라는 전부예요./ 내가 당신의 안식처/ 당신의 빛이 될 수 있게 해줘요./ 나를 사랑하는 것 그게 제가 바라는 전부예요.

신기하게도 노래에 한참 빠져 있다가 보면 라울의 노래가 마치 사랑으로 나를 부르는 하나님의 음성처럼 들리기도 한다. 노래 가사가 얼핏 비슷하기도 해서다.

'나를 사랑하라 내가 진리로 너희를 자유롭게 할지니. 나, 여기 너희를 세상 끝날까지 지켜주리라.'

이제 모든 고난을 잊어버리고 내게 오라 하는 하나님의 말씀처럼.

파바로티Luciano Pavarotti

그가 부르는 노래는 한 음절만 들어도 누구 노래인지 알아차리게 된다. 아무도 그의 목소리를 흉내조차 낼 수 없기에. 창공으로 거침없이 뻗어나가듯 힘차고도 부드러우며 청아한 목소리의 소유자, 100년에 한번 나올까 말까 하는 성악가라고 한다.

오래전 서울 잠실올림픽 체조경기장에서 그의 노래를 직접 들었던 저녁은 아직도 호사스러운 기억으로 남았다. 한 세기를 풍미한 성악가의 노래를 라이브로 듣는 행운을 누렸으니 말이다.

모래알만큼 많은 아름다운 곡 중에 그가 부른 레퍼토리 또한 다양하다. 그중에도 흔하게 들으면서도 매번 감탄을 불러일으키는 곡들이 있다. 그의 큰 체구 때문에 그가 출연한 오페라가 많지는 않지만 〈라보엠〉과 〈사랑의 묘약〉에서 또는 〈팔리아치〉에서 부르는 테너의 아름다운 아리아들은 특히 가슴에 울림을 준다. 그중에도 프랑스 파리의 라탱지구에 사는 보헤미안들의 이야기, 〈라보엠〉에서 가난한 시인 '로돌포'와 '미미'의 사랑을 알리는 아리아 〈그대의 찬

손〉은 매번 나를 파리 다락방의 낭만으로 데려다준다.

나는 가난한 시인이라오./ 그러나 꿈과 환상의 아름다운 낙원에서 마음만은 백만장자라오./ 지금 내 모든 보물을 도둑맞았다오./ 당신의 사랑스러운 두 눈동자에게 말이오./하지만 아무 문제 없어요./ 텅 빈 마음이 다시 꽉 차오르니까요./ 당신이라는 희망으로

이렇게 달콤하게 사랑을 속삭이는 남자에게 마음을 주지 않을 재간이 있을까. 나는 마치 가난한 시인 로돌포가 꿈과 환상의 나라에서 산다고 고백했듯이 노래를 들으며 나 또한 미미가 되어 뜨거운 사랑 고백이라도 받은 양 환상 속으로 빠져들기도 한다.

두다멜Gustavo Dudamel

베네수엘라 '엘 시스테마'(베네수엘라정부가 빈곤층 청소년들을 대상으로 무상으로 제공하는 음악교육 시스템) 출신의 두다멜은 LA 필하모닉 최연소 음악감독이다. 그리스 신화 속 아폴론처럼 아름다운 이마에 반듯한 코가 요즘 상승세를 타는 아이돌 모습 그대로다. 풍성하고 둥글게 파마한 머리 또한 베토벤을 연상케해 천재 음악가 아이콘으로서 손색이 없다.

이런 출중한 외모를 넘어 두다멜을 가장 두다멜답게 해주는 것이 있다. 아무도 넘볼 수조차 없는 그의 태생적 열정이다. 어디에서 지

휘하든 그가 하면 남다르다. 온몸으로 발산되는 뜨거운 열정은 온 객석을 전염시키고, 지구 반대편 수만 리 떨어진 곳에서 음반으로 감상하는 나에게도 전해져 열기와 흥분에 휩싸이게 한다.

그가 지휘하는 많은 곡 중에도 특히 신들린 듯 지휘하는 베토벤의 마지막 교향곡 9번에 나는 항상 압도당한다. 특히 피날레의 합창에서는 아마도 모든 청중이 힘찬 환희의 감격을 느낄 수 있으리라.

잘 알고 있듯이 베토벤의 9번 교향곡 끝부분 〈합창〉은 실러의 시 「환희에 부치는 노래Ode to Joy」에 곡을 붙였다. 그의 시에 깊이 감동한 베토벤이 오랜 기간 작곡을 염두에 두었지만, 막상 그 곡은 베토벤이 청력을 완전히 잃는 고통 속에서 완성되었다. 가장 비참한 상황에서 오히려 가장 화려하고 장엄한 곡을 탄생시킨 불굴의 의지는 마치 '세상 사람들이여 이 세상에서 이겨내지 못할 고통은 없노라' 하며 조용히 웅변하는 것만 같다. 〈합창〉의 가사 또한 인류 사랑의 숭고함을 외치며 뜨거운 감동을 준다.

> 신성한 그대의 힘은/ 가혹한 현실이 갈라놓았던 것들을 다시 결합시키고/ 모든 인간은 형제가 되노라./ 그대의 부드러운 날개가 머무는 곳에/ 서로 껴안아라! 만인이여/ 전 세계의 이러한 입맞춤을!/ 형제여, 별이 빛나는 저편에/ 사랑하는 하나님께서 반드시 계실 것이다!

두다멜은 격정과 열정으로 합창교향곡의 웅장함과 환희, 밝고 힘찬 기운을, 또한 서정적이며 숭고한 감정을 기세게 휘몰아가며 청중을 압도하고 감동의 도가니로 이끈다. 그의 지휘하는 뒷모습만 바라보아도 이 모든 감정은 어김없이 전달된다. 그 모습에 반하지 않을 사람이 있겠는가.

헨델Handel

달력이 달랑 한 장 남은 12월. 연말이 되면 실제로 바쁘기보다 마음이 더 어수선하고 분주하다. 세상은 나만 빼고 활기차게 돌아가는 듯싶은 어느 무료한 오후, 자칫 방심하다가는 외로움이라는 불청객이 틈을 비집고 들어올 판이었다. 거실로 부엌으로 심드렁히 왔다갔다 하며 TV 채널을 돌리다가 카톡을 들쳐보기도 했다. 가족 카톡방에 동생이 올려놓은 유튜브가 눈에 띄었다. 헨델의 〈메시아〉였다. 무심히 듣기 시작한 곡에 매료되어 2시간 남짓한 전곡을 다 들었다. 음질도 별반 좋지 않은 핸드폰으로 들으면서도 환희와 기쁨에 가슴이 뛰고 고양되기도 했다. 그 울림이 얼마나 컸던지 오래전 사다놓은 음반을 꺼내 다시 듣고 나니 오후 나절이 다 지나가버렸다.

만사에 때가 있는 것인지 음악을 만나는 것도 때가 되어야 귀에 들어오는 모양이다. 그동안 〈메시아〉 끝부분의 〈할렐루야〉는 수없이 들었어도 전곡을 감동으로 듣기는 처음이었다. 성경에 기초한 그리스도의 탄생과 고난, 부활 승리와 영원한 생명의 기쁨으로 나뉜 곡의 마지막 부분 〈할렐루야〉가 특히 가슴에 울림을 주었다. 감동해 기립했다는 영국 국왕 조지 2세처럼 기쁨과 찬양의 감정이 가슴에 차올랐다. 때마침 걸려온 목사님과 전화 통화하는 중 〈메시아〉를 감상하고 있노라고 말씀드렸더니 '최고의 크리스마스를 보내고 계시는군요' 하셨다. 정말 그랬다. 그해는 헨델의 〈메시아〉 덕분에 최고의 크리스마스를 보냈다.

포지타노의 노을

퇴직 후 나는 이른 오전의 약속은 거의 하지 않는다. 새벽형 인간이 아닌데다가 젊은 날 대부분을 서두르며 살아왔으니, 이제는 '달콤한 게으름'의 사치를 누리고 싶기도 해서다. 오늘은 예외다. 오랜만의 서울나들이에, 또 친구들을 만날 생각으로 설레며 아침부터 부산하게 나갈 채비를 한다. 거울 앞에서 꼼꼼하게 얼굴을 매만지며 요즘 들어 부쩍 늘어난 검은 반점 위에는 컨실러를 공들여 바른다. 거뭇한 점은 감쪽같이 숨겼지만, 눈가의 주름과 입 주변의 팔자주름은 아무리 공들여 화장해도 감출 수가 없다. "에이, 이 나이에 이 정도면 양호하지." 스스로 위로하고 만족하며 집을 나선다.

강남 고속버스터미널 맞은편 H아파트 앞이다. 동창 임원회를 핑계삼아 우리는 항상 여기 모여 친구 차로 카풀을 해 목적지로 향하곤 한다. 오늘은 E여자대학교 미술대학 전시회에 친구 3명이 함께 가기로 한 날이다. 차에 올라타기 무섭게 친구들을 만난 즐거움과 흥분으로 목소리가 커지고 작지도 않은 승용차는 나이든 여인들의 행복한 에너지로 꽉 찬다.

티 없이 맑던 여고 시절 까르륵거리며 함께 웃고 비슷한 정서 속에서 같이 나이들어온 친구들이 가족 못지않게 소중하게 느껴진다. 만나서 얼굴만 대해도 단박에 세월을 거슬러 생기넘치던 시절로 되돌아가는 것은 무슨 마술이란 말인가.

학교 교정은 많이 바뀌었다. 졸업한 지 반백년, 근년에 들어 1년에 한번쯤은 방문할 기회가 있었지만, 매번 새롭다. 정문에서 바라보이는 채플 강당만 여전할 뿐 넓게 자리잡았던 교정의 여유 공간마다 들어선 새로운 건물들이 낯설다. 체육 시간에 사용하던 넓은 운동장은 프랑스 건축가 도미니크 페로가 설계한 캠퍼스 복합단지 ECC 건물이 점령하고 있다. 흙냄새나던 운동장이 최첨단 건물로 바뀐 것이 아날로그 세월에서 디지털 세상으로 바뀌었음을 실감케 한다.

가을 색으로 완연하게 물든 교정의 나무를 바라본다. 눈이 펑펑 쏟아지던 날 학기말 시험에 지각하면서도 눈 풍경에 빠졌던 생각을 하며 걷는 사이 벌써 목적지 조형예술관 건물에 도착했다. 2층의 퀼트 전시장 입구에서 안내를 도와주는 도우미학생들의 얼굴이 싱그럽다.

이번 전시회의 주제는 '나의 창', '창문을 통해 본 바깥 풍경'이다. 전시회 출품자들이 연출한 다양한 풍경이 한땀 한땀 수놓은 퀼트로 한쪽 벽을 장식하고 있다. 성스러운 스테인드글라스를 통해 보이는 세상, 꽃이 만발한 화사한 마을, 아늑한 숲속, 멀리 탁 트인 바다의 수평선이 보이는 풍경. 아마도 마음속으로 꿈꾸며 도달하고 싶었던 세상이었으리라.

친구 영선의 작품은 레이스 커튼이 달린 창밖으로 아늑한 정원이 내다보인다. 나무와 풀이 있는 정원에는 새가 지저귀고 나비가 노닌다. 촉촉한 풀 향기가 느껴진다. 모두가 그리며 갈망하는 풍경, 평생을 저렇게 평화롭고 아늑하게만 살 수 있다면 얼마나 좋으랴.

우리는 천둥 치고 비 오는 날 진흙길도 걸었고 메마른 사막을 건넜고, 간혹 푸른 초원에서 날아오는 꽃향기와 마주치며 잠시 행복하기도 했으며, 그러다가는 또 가시밭길을 지나 장미꽃 정원에 머무르기도 했다.

저마다 자신이 지고 온 운명이라는 굴레에 순응하면서 적절하게 배합된 고통과 행복의 보따리를 지고 왔을 친구들…. 삼삼오오 모여 작품을 감상하는 벗들의 얼굴을 다시 바라본다. 젊은날의 시샘도 모난 성정도 넉넉함으로 둥글게 다듬어오느라 생겨난 주름이 정겹다.

전시장을 돌아 다시 입구 쪽으로 오니 마침 영선의 다른 작품 하나가 전시장 끝에서 마무리해준다. 제목은 '포지타노의 노을'. 푸르른 나무와 어우러진 아기자기한 이탈리아 남부의 해변마을, 하늘을 온통 물들인 노을은 옅은 분홍과 보라, 환한 주황빛으로 주변을 따스하고 포근하게 감싸안았다. 우리는 마치 황홀한 노을 속에 서 있는 듯 풍경 속으로 빠져든다.

전시회 관람을 마치고 나오자, 안내를 맡은 학생들이 또 맑게 인사를 건넨다. 그녀들에게서는 쌀쌀한 날씨에도 파란 사과의 풋풋한 향내가 난다. 우리의 반백년 전 모습이다.

'인생의 모든 순간은 계절의 흐름에 따라 변해가는 풍경처럼 찬란하다'는 메리 파이퍼의 말을 떠올려본다. 봄의 연둣빛 생기, 무성하고 짙푸른 녹색의 여름을 지나 화려하게 물든 가을 나무의 열매와 눈 덮인 하얀 겨울의 장엄함. 그동안 우리는 얼마나 많은 봄과 여름, 가을 겨울을 보내고 또 맞이했을까. 긴 세월을 거쳐 지금 우리는 어디쯤 왔을까. 인생을 사계절로 나누어본다면 우리는 소생과 성장의 세월을 지나 결실을 마친 늦가을 무렵을 지나고 있는지도 모르겠다. 인생이 그보다 짧은 하루라면 '포지타노의 노을'처럼 붉은 노을이 내려앉은 저물녘 즈음에 닿아 있을까. 가장 황홀한 빛의 시간, 그 언저리라면 어떨까.

내 인생의 화양연화

해가 뉘엿뉘엿 넘어가며 서쪽 하늘을 붉게 물들인다. 미풍이 부드럽게 얼굴을 감싸는 오월의 저녁, 마을 아래 경사진 곳으로 드넓게 펼쳐진 밀감밭을 걸었다. 집을 지척에 두고 있어 가볍게 산책을 하기에는 이보다 더 좋은 곳이 없을 테지만, 무의식 가운데서도 외면해왔던 장소이다. 가만히 숨죽이고 있으면 세월 따라 아물어갈 상처에 굳이 모래알을 비비듯 상실감을 되새기며 마음을 괴롭히고 싶지 않아서였다.

기억이라는 것은 참 제멋대로여서 시도 때도 없이 출몰해 마음을 지배하고 어지럽힌다. 하지만 그 집요한 기억도 해가 가기를 반복하니 이제는 선명하고 아름답게 채색된 추억으로 바뀌어 가끔은 마음을 적시며 오히려 위로를 주기도 한다.

그러니까 벌써 9년이 흘렀나. 남편과 나는 미래 우리가 집 지을 땅을 마련해놓고 마을 아래 샛길을 함께 걸었다. 11월 초순 하늘은 유난히도 파랗고 길 양옆으로 펼쳐진 감귤밭에는 주황색으로 빛나는 감귤이 가지마다 휘어지게 매달려 있었다. 아낙네들은 유쾌한 웃음소리를 날리며 귤을 따고, 떨어진 귤들은 귤밭 여기저기 널려 있었다.

“마음껏 따서 드셔도 돼요.” 한 아낙네가 남편과 내게 귤을 내밀며 환하고 넉넉한 마음을 보냈다. 며칠간 흐렸던 서귀포 하늘은 그동안 흐렸던 날씨에 대한 보상이라도 하듯 청명했고 내리쬐는 가을 햇살은 눈부시게 강렬했다. 나는 드높고 푸른 하늘을 바라보다가 새콤한 귤을 입에 넣으며 행복이란 이런 것이라 생각했다. 아마도 그때의 내 마음을 색으로 표현한다면 화폭을 가득 채운 밝고 따스한 황금빛 색채였으리라.

많은 세월이 흐른 뒤, 어렵게 찾은 이곳이지만 한번 발길을 터놓게 되자 이제 저녁 무렵이면 자주 찾게 된다. 바닷가 산책과는 또 다른 정취가 느껴진다. 가지마다 꽃들이 총총히 박혀 있는 오월의 밀감밭은 얼핏 푸르스름한 저녁에 하얀 눈이 가볍게 내려앉은 듯 맑고 청초하다. 밀감꽃 달콤한 향기가 코를 스친다. 나는 버릇처럼 주머니에서 휴대폰을 꺼내 내가 좋아하는 노래를 유튜브로 듣는다. ‘그대여 아는가, 저 남쪽 나라를’. 괴테의 「빌헬름 마이스터」를 소재로 대본을 만든 오페라 〈미뇽〉의 아리아다. 여주인공 미뇽이 자신을 구해준 빌헬름의 물음에 감사로 화답하는 노래다. 메조 소프라노 막달레나 코제나의 음성이 부드럽고 청아하게 울려퍼진다.

●

당신은 아시나요,/ 저 오렌지꽃 피는 나라를// 그늘진 잎 속에서 금빛 오렌지 빛나고/

푸른 하늘에선 부드러운 바람 불어오며/ 협죽도는 고요히/ 월계수는 드높이 서 있는/

그 나라를 아시나요?// 그곳으로! 그곳으로 가고 싶어요./ 당신과 함께

오페라의 스토리는 해피엔딩으로 끝을 맺는다. 이곳에서 말하는 남쪽 나라는 이탈리아의 크고 아름다운 가르다 호수 주변이라기도 하며, 또는 우리의 이상향인 유토피아를 그렇게 표현했다고도 한다.

내가 서 있는 이곳, 밀감꽃 향기가 코끝을 스치고, 멀리서 빛나는 날개를 파닥이며 다가온 아름다운 추억이 가슴을 꽉 채운 지금, 나는 이상향에 있는 것일까. 아니면 파란 하늘 아래 남편과 밀감밭을 거닐며 우리가 보낼 노년의 행복한 집을 꿈꾸며 설계하던 그 무렵, 마치 영화의 정지된 화면처럼 지금 내 머릿속을 꽉 채운 그때가 나의 화양연화였던가.

생각의 강물은 멈출 줄 모르고 더 거슬러 흘러간다. 한 가정을 꾸미고 아이들이 차례로 태어났으며, 가정은 점점 더 모양새를 갖춘 작은 성이 되었다. 우리는 더 크고 견고한 성을 꿈꾸느라 바쁘고도 활기 넘치는 젊음을 보냈다. 그러면 그 풋풋하고 힘찬 젊은 날들이

내 인생에서 최고의 날들이었을까. 아니면 아이들이 가정을 이루고 행복의 파랑새처럼 날아든 손주들을 보며 함께 경탄하고 행복해하던 시절이 인생의 절정기였을까.

일기일회一期一會. 그 모든 순간이 일생에 단 한번이고 다시는 되돌릴 수 없는 시간이다. 애틋하고 아름답고 소중하고. 이제 내 인생의 화양연화의 시간은 이렇게 모두 지나간 것일까.

조물주는 인생의 어느 나이에도 어느 상황에서도, 다 살아가야 할 이유와 명분을 만들어주신다는 말을 굳이 상기하려는 것은 아니다. 나이는 숫자에 불과하다는 말로 스스로 위로하며 이미 떠난 젊음을 애써 붙잡으려는 것도 아니다.

나이가 든 지금, 저물어가는 저녁 따스한 불빛 아래 지나온 세월을 반추하며 삶을 조용히 즐길 수 있는 지금, 이 순간이 젊은 시절 못지않게 행복할 뿐이다. 가슴속을 감사와 평온으로 채울 수 있다는 것은 얼마나 다행스러운가.

신은 하나의 문이 닫히면 또 다른 문을 열어주신다고 했다. 풋풋하나 설익은 젊음은 얼마나 오만했으며 그로 인한 고뇌는 어떠했던가. 끝없는 욕망 가운데 내려놓지 못했던 삶은 도전인 동시에 또 얼마나 고단했던가.

이제 모든 걸 다 내려놓으며 절대자에게 나를 맡기고, 이 우주의 섭리 속에서 조용히 인생을 관조하며 살아가는 지금이, 이 순간이 진정 행복하니 이 또한 내 인생의 '화양연화'가 아니겠는가. 인생의 굽이굽이마다 살아갈 행복을 마련해놓으신 절대자에게 그저 감사를 드릴 뿐이다.

사위에 어스름이 내려앉는다. 귤밭이 끝나는 언덕 위에 자리한 내 집. 그 집을 밝히는 불빛이 따스하고 아늑하다.

돌이켜보니 모든 길이 꽃길

햇빛이 너무 맑아 눈물이 납니다/ 살아 있구나 느끼니 눈물이 납니다/

기러기 떼 열 지어 북으로 가고/ 길섶에 풀들도 돌아오는데/

당신은 가고 그리움만 남아서가 아닙니다/

이렇게 살아 있구나 생각하니 눈물 납니다(「다시 오는 봄」, 도종환)

이별 후 그의 부재가 고통스럽게 느껴진다면 사랑한 것이라고 한답니다. 고통의 크기만큼 사랑도 깊었던 것이라고 하지요. 당신이 떠난 뒤 나는 한동안 숨쉬는 것이 편치 않았습니다. 이렇게 늦게 사랑 고백을 한다니 참 생뚱맞지요? 긴 세월 같이 사는 동안 그런 말을 자주하며 살 걸 그랬나봅니다. 당신을 든든한 울타리 삼아 세상모르고 철없는 오만 속에서 살았다는 생각도 뒤늦게 했습니다. 그러나 당신의 부재 속에서 나 또한 황야에 내동댕이쳐진 고아처럼 외롭고 쓸쓸했으니 이런 일로도 인생은 공평하다고 말할 수 있는지요.

우리는 이 광대한 우주 속에서 티끌 같은 존재로 서로를 만났고 이 세상에서 가정이라는 또 하나의 작은 우리만의 우주를 만들었습니다. 불가에서 부부의 연은 500생을 거친 두 남녀가 만나 이룬다고 하지요. 각기 500생을 거친 두 사람이 만든 천생의 인연이라 해서 천생연분이라 한다는군요. 그렇게 어렵게 만난 연분이어서인지 영원한 본향으로 돌아가는 것이라 해도 이별은 쉽지 않았나 봅니다.

어제 큰딸 지윤이가 가족 카톡방에 오래 전 사진을 하나 올렸습니다. 시연이가 어렸을 적 제 키보다도 큰 첼로를 연주하는 사진이었지요. 오목조목 귀여운 손녀 얼굴 뒤로 당신 모습이 보였습니다. 행복했던 기억이 주렁주렁 열려 있는 역삼동 집 거실, 마스터 의자에 앉아 따스한 눈빛으로 첼로 연주를 바라보는 할아버지 모습이었어요. 순간 마음이 휘청 무너져 내렸습니다. 예기치 않았던 상황에서 갑자기 사진 속의 당신과 맞닥뜨리면서. 예고 없이 문득 스치는 당신의 기억을 만나는 순간들이 내게는 아직도 어려운 시간입니다.

그런 때 말고 나는 이제 잘 살고 있습니다. 결혼 초 어느 날 당신이 내게 했던 말이 생각나는군요. '꼭 온실 안에서 자란 화초 같아서….' 좋은 뜻이기보다 함께 인생을 헤쳐가기에 제가 미덥지 않은 동반자처럼 느껴져 한 말 같았습니다. 이제 '온실 안 화초'가 세월을 건너며 참 단단해졌습니다. 당신과의 이별까지 뛰어넘고 나니 더욱 그렇군요. 세상 돌아가는 일을 순리대로 받아들이니 사는 것이 포근한 오솔길 걷듯 편해졌습니다.

아침이면 숨을 길게 쉬며 맑고 상쾌한 공기를 들여마십니다. 집 뒤 소나무 숲에서는 맑은 기운을 머금은 바람이 불어옵니다. 싱그러운 나무가 내뿜는 푸릇푸릇한 향기에 마음은 생기를 얻고 나는 힘찬 하루를 시작합니다. 떠오르는 해가 집 왼쪽의 작은 언덕과 나무에 비치고 잔디가 일출의 햇빛에 비껴서 부드러운 초록으로 빛나는 것을 바라보노라면 세상의 아름다움에 저절로 감사가 차오릅니다. 아지랑이가 뽀얗게 피어오르다가 떠오르는 햇살에 부딪히며 화사한 봄날의 아침을 만들 듯 가슴이 벅차게 피어오르기도 합니다.

패기 넘치던 젊은 시절 당신이 내게 하던 말에서는 늘 세상의 욕심이 묻어났습니다. 돈과 지위와 힘, 소위 세상에서 말하는 성공의 열망이었지요. 그러나 환갑을 훨씬 넘긴 노년의 당신은 마치 '다윗'이 고백했던 것처럼 젊은날 추구하던 욕심보다는 주변 사랑에 마음을 썼습니다. 소외된 주변으로 다가가며 사랑보다 더 가치 있는 것이 없다는 것을 몸으로 보여주기도 했습니다.

지금도 나는 희끗희끗한 머리를 날리며 쪽방촌을 찾아 따듯한 말을 나누던 당신의 모습을 기억합니다. 당신이 봉사한다기에 호기심 반으로 뒤따라가던 나는 당신의 정직한 따듯함에 순수하게 반응하던 그들의 눈빛을 보았습니다. 작은 것일망정 내가 타인에게 주는 진정한 사랑, 그것이 가치 있는 삶이라는 걸 어렴풋이 느낀 날이었습니다. 일생 살면서 당신이 진정 멋지다고 느꼈던 모습 중 하나였지요.

마치 소중한 보물처럼 당신이 지갑 속에 지니고 다니던 가족사진, 그 속의 첫 손자 문준이는 키가 장대처럼 큰 건장한 청년으로 자랐고, 사랑스럽던 아가 도원이도 이제 사춘기에 들어갔는지 제 주장하는 게 보통이 아니랍니다. 어쩌다가 정원에서 문준이부터 문영, 도원이까지 어울려 공을 차고 노는 모습은 시끌벅적 활기가 넘칩니다. 시연이와 우리는 아이들 노는 모양을 내다보기도 하고 강아지 운동을 시키기도 합니다. 해가 저물어 공차기하는 아이들의 그림자가 파란 잔디에 길게 드리워집니다. 우리가 꿈꾸던 풍경이지요.

우리의 '가나안', 꿈의 집 건축에 온 힘을 쏟았던 당신은 정작 채 완성되지도 못한 집을 먼발치에서 바라본 것을 마지막으로 떠났지만, 당신이 만들어놓은 행복의 터전 위에서 아이들은 몸도 정신도 건강하게 쑥쑥 잘 자랐습니다. 아이들뿐 아니라 장인어른을 친아버지처럼 좋아하던 둘째사위는 가족이 한자리에 모이면 항상 당신 얘기를 합니다. 아버지 덕에 좋은 집 살게 되어 감사하다고. 세월이 많이 흘렀어도 이런 때면 한 가닥 서글픔과 허전함이 가슴속을 휘익 쓸고 지나갑니다.

문득, 첫딸이 태어났을 때 고물고물한 손가락을 세어보며 생명의 경이로움에 가슴 벅차하던 당신 모습이 떠오릅니다. 둘째도 딸이라고 섭섭해하던 나와 달리 아기를 내려다보던 행복한 얼굴도, 어디를 가나 막내를 추켜세워 안고 다니던 모습도 스칩니다. 지구별의 여정에 절대자가 우리에게 맡긴 세 딸이 다 든든한 배우자를 맞아 가정을 꾸리고 이 세상에서 자기 소임을 하고 있으니 이제 더 할 나위가 없겠지요. 앞으로 우리 손자손녀들이 건강하게 자라 세상에 나온 자신의 몫을 하게 된다면 우리는 충분히 이 세상에서 부여받은 우리의 몫을 다 한 것일 터입니다.

지나고보니 인생이 정말 아무것도 아니었군요. 아이들 키우고 사랑하고 사랑받고 주변과 사랑을 나누는 그것이 전부였어요. 좀 더 느긋하게 살 것을 그랬나봅니다. 처음 사는 인생이 어떻게 완벽할 수 있었겠습니까. 살면서 괴롭고 가슴 아팠던 일도 있었습니다. 하지만 그보다 행복한 일이 더 많았으니 얼마나 감사할 일인지요. 뒤돌아보니 지나온 일상의 모든 소소한 일들이, 심지어 슬프고 힘들었던 순간조차도 다 채색되어 아름다운 날들로 치환됩니다. 당신과 함께 다니던 여행이, 온 가족이 둘러앉은 우리의 따듯했던 식탁이 '행복한 그림'이었습니다. 돌이켜보니 모든 길이 꽃길이었습니다.

아름다운 세상의 여행을 함께하며 우리만의 깊고 귀한 추억을 만들 수 있었던 인연에 감사합니다. 또 언젠가는 이 우주의 어느 곳에서 만나 걷게 될 영원한 나라의 꽃길을 그리며 또 감사하렵니다.

조현순 수필집
제주, 내 인생의 화양연화

지은이_ 조현순
펴낸이_ 조현석
펴낸곳_ 북인
디자인_ 푸른영토

1판 1쇄_ 2024년 04월 30일

출판등록번호_ 313-2004-000111
주소_ 121-838 서울 마포구 서교동 460-34, 501호
전화_ 02-323-7767
팩스_ 02-323-7845

ISBN 979-11-6512-090-0 03810